KB183633

귀곡초
3학년 2반

귀곡초 3학년 2반

발행일	2025년 2월 3일		
지은이	신정은		
펴낸이	손형국		
펴낸곳	(주)북랩		
편집인	선일영	편집	김현아, 배진용, 김다빈, 김부경
디자인	이현수, 김민하, 임진형, 안유경	제작	박기성, 구성우, 이창영, 배상진
마케팅	김회란, 박진관		
출판등록	2004. 12. 1(제2012-000051호)		
주소	서울특별시 금천구 가산디지털 1로 168, 우림라이온스밸리 B동 B111호, B113~115호		
홈페이지	www.book.co.kr		
전화번호	(02)2026-5777	팩스	(02)3159-9637

ISBN 979-11-7224-491-0 73810 (종이책)   979-11-7224-492-7 75810 (전자책)

잘못된 책은 구입한 곳에서 교환해드립니다.
이 책은 저작권법에 따라 보호받는 저작물이므로 무단 전재와 복제를 금합니다.
이 책은 (주)북랩이 보유한 리코 장비로 인쇄되었습니다.

(주)북랩 성공출판의 파트너
북랩 홈페이지와 패밀리 사이트에서 다양한 출판 솔루션을 만나 보세요!
홈페이지 book.co.kr   •   블로그 blog.naver.com/essaybook   •   출판문의 text@book.co.kr

작가 연락처 문의 ▶ ask.book.co.kr
작가 연락처는 개인정보이므로 북랩에서 알려드릴 수 없습니다.

선생님의 비밀 옷장

신정은 지음

귀곡초
3학년 2반

무서운 이야기 속으로 들어가
배움과 재미를 함께 경험하는
신정은 선생님의 특별한 수업!

 북랩

들어가는 말

학교에서 교과서로만 하는 수업은 재미없어요. 가끔은 귀염둥이 제자들이 아주 불쌍한 붕어빵으로 보여요. 교과서라는 틀에 예쁘게 담아 구워 내는 붕어빵. 1학년 때는 그나마 초롱초롱한 눈으로 붕어빵 틀에서 슬금슬금 도망 나와 자신만의 생각을 자신 있게 외쳐요. 하지만 6학년이 되면 붕어빵 틀에 주저앉아 다 같은 소리를 내요. 학교는 지겹고 힘든 곳, 벗어나고 싶은 곳. 하지만 어쩔 수 없이 자유로운 생각의 반항을 억누르며 안주하는 곳이 되고 말아요.

사랑하는 제자들이 자신의 생각을 자유롭게 펼치고 성장할 수 있도록 도와주고 싶었어요. 국어 시간에는 우주 여행자가 되어 상상을 펼치며 뒷이야기를 적어 보고, 과학 시간에는 똥 귀신 이야기로 물의 정화 장치를 디자인해 보고, 사회 시간에는 유령 버스 이야기 속 마을 지도도 그려 보는 거죠.

귀곡초 3학년 2반

교직에서 20년간 교과서의 핵심 내용을 선생님이 직접 지은 이야기 속에서 학생들이 이야기 주인공이 되어 재밌게 배울 수 있도록 도왔어요. 학문적인 지식도 중요하지만 마음의 성장도 중요해요. 이야기를 통해 감동과 깨달음을 주며 삶의 지혜도 키울 수 있도록 노력했어요. 거창하긴 하지만 이런 수업을 이야기 교수법이라고 불러요.

　이야기 교수법을 통해 많은 제자가 저마다의 생각으로 붕어빵 틀을 탈출하는 모습을 보았어요. 제자들이 뒷이야기를 지어 쓸 때면 그 상상력과 창의적인 생각에 깜짝 놀라기도 했어요.

　이 책은 제자들이 좋아했던 무서운 이야기만 골라 엮었답니다. 이 책을 읽고 나면 학교에서 이미 배웠던 내용이나 앞으로 배울 내용을 재밌게 공부할 수 있어요. 제목은 3학년 2반이지만 학교에서 3학년부터 6학년까지 배우는 내용이 이야기에 담겨 있어요. 상상력과 창의력도 키울 수 있어요.

　자, 그럼 귀곡초 3학년 2반의 무서운 이야기 속으로 들어가 볼까요?

차 례

12시 귀신

귀곡초등학교 3학년 2반 교실이야. 금요일 5교시, 요즘 재량 시간만 되면 곧 있을 학예회 연습으로 아주 시끄러워.

"12시 귀신팀, 모여!"

재혁이가 연극 연습하기 좋은 장소를 차지하고 소리를 치자 친구들이 하나, 둘, 의자를 끌고 둘러앉았어.

"야, 제윤아, 너 얼굴이 왜 그래? 아침에 코로나 검사는 해 봤어?"

양우가 제윤이 얼굴을 훑더니 의자를 저만치 끌고 가며 말해. 승후가 양우 말이 끝나기도 전에 제윤이 머리를 한 번 쓸더니 제윤이 쪽으로 의자를 당기며,

"무슨 코로나야, 딱 보니 게임 하다가 밤샘한 얼굴이구만. 어제 너희 엄마 야근하신 날 아니야?"

"말도 마, 잠 한숨도 못 잤어. 너희들 내가 겪은 일 들으면 기절

할 걸."

　제윤이는 하품을 계속하며 늘어지는 목소리로 말했어. 12시 귀신팀 모두 제윤이 쪽으로 가까이 둘러앉아 제윤이가 겪은 일을 말해 달라고 했지. 제윤이는 저기 멀리서 피아노 연주 팀을 지도하시는 선생님을 한 번 힐긋 보더니 친구들에게 더 가까이 오라는 시늉을 했어.

　"있잖아, 너희 1학기 시장 놀이 때(신정은 선생님은 학교생활을 열심히 하는 학생들에게 직접 만든 돈을 줘요. 한 학기에 한 번 선생님께서 주신 돈으로 시장 놀이에서 물건을 살 수 있어요) 선생님께서 파신 수묵화 그림 기억나?"

　"응, 네가 200냥 주고 산 거 말이지? 폭포도 있고, 내가 사려고 했던 거."

　원우가 손을 번쩍 들더니 큰 소리로 말해. 원우 옆자리에 있던 도현이가 원우를 잡아당기며 조용히 하라고 했어. 제윤이는 침을 한번 꼴깍 삼키더니, 아까보다 좀 더 낮고 떨리는 목소리로,

　"밤에 침대에서 잠자는데, 얼굴이 간질간질, 이게 뭐야 하면서 잡았는데 차갑고 뭔가 부드러운 머리카락 느낌이 나는 거야. 놀라서 그것을 확 잡아서 당겼지. 그런데 계속해서 잡아당겨졌어. 너무 무서워서 불을 탁 켰는데."

　"에이, 개꿈 아니야?"

우주가 씩 웃더니 혀를 쭉 내밀고 양손을 모아 흔들며 강아지 흉내를 내며 말해.

"나도 처음에 꿈인 줄 알았다고. 불을 켜니 얼굴을 간지럽히던 머리카락은 없는데 수묵화 앞에 긴 머리카락이 하나 매달려 있었어."

"아, 엄마 머리카락?"

"우주야, 자꾸 끼어들지 말고 제윤이 말을 끝까지 들어보자."

재혁이가 발그레한 얼굴로 우주를 쏘아 보며 말해. 친구들은 장난 한번 친 적 없던 제윤이 말이 참말 같아 좀 더 가까이 다가가 끝까지 말해 달라 졸랐어. 제윤이는 긴장이 되는지 손가락을 꼼지락거리며 말을 이어 갔지.

"난, 그날 뒤로 밤이면 뚫어질 정도로 그림을 찬찬히 봤어. 신기한 것이 뭔지 알아? 밤 12시만 되면 그림 속 폭포가 갈라지면서 크고 가느다란 눈 하나가 깜박거리며 날 쳐다보는 거 있지."

"아, 악!"

제윤이 말이 끝나기도 전에 아이들은 학교가 들썩거릴 정도로 소리를 질렀어. 선생님께서 다가오시자 서로 약속이나 한 듯 일어서서 연극 연습하느라 시끄럽게 해서 죄송하다고 말씀드렸지.

그날 이후 12시 귀신팀 친구들은 학예회 연습 시간이면 제윤이 옆에 앉아 12시면 보인다던 폭포 속 눈에 관한 이야기만 했어.

"어제도 봤어. 그 눈?"

제윤이는 힘없이 고개를 끄덕였어. 아이들은 제윤이가 너무 걱정됐어. 승후가 씩씩거리며,

"제윤아, 너 이러다 쓰러지는 거 아냐? 우린 너 때문에 연극 연습도 못 해서 학예회 망치는 것 아니냐고?"

"승후야, 지금 연극이 문제야? 그 폭포 귀신인지 뭔지, 무슨 수를 써야겠어."

승후 말이 끝나기도 전에 재혁이가 끼어들며 말해.

"맞아, 맞아."

12시 귀신팀 아이들은 서로 목소리를 높여가며 맞장구를 치며 말했지. 제윤이는 친구들에게 손을 저으며,

"이번 주 금요일에 우리 집에서 하룻밤 자면서 연극 연습도 하고 폭포 속 눈도 확인해 보고, 어때? 우리 부모님 걱정은 말고, 우리 엄마는 내 부탁이라면 언제든 오케이 하셔."

제윤이의 말에 모두 고개를 끄덕였지. 각자 부모님께 허락을 맡아 이번 주 금요일에 제윤이 집에 가기로 했어.

아이들은 제윤이 집에 들어서자마자 그림이 보고 싶어 안달했어. 제윤이 방으로 들어가니 침대 맞은편 벽면에 긴 수묵화 그림

이 으스스하게 걸려 있었어. 아이들은 신기한 듯 그림을 만지작거렸지.

"야, 그만 만져, 어차피 밤 12시가 되어야 보이니깐."

제윤이는 짜증 난 듯 친구들을 밀치며 말했어. 아이들은 연극 연습을 하는 둥 마는 둥, 제윤이 방에서 눈을 비벼가며 12시가 되길 기다렸지. 밤 12시가 되자, 모두 그림 앞에 서서 그림 속 폭포를 쳐다봤어. 몸이 후들후들 떨리고 무서워서 서로 손을 꼭 잡고 말이야.

"어, 어, 야, 야 저거 봐. 폭포가 움직여."

우주의 떨리는 목소리가 잔잔히 방을 울렸어. 아이들은 믿기지 않은 듯 그림 속 폭포 앞으로 더 가까이 다가갔지. 순간,

"아, 으악!"

폭포 사이로 제윤이가 말한 눈이 보이더니, 폭포 안에서 커다란 손이 아이들을 한꺼번에 낚아챘어. 아이들은 순식간에 사라져 버렸지.

14

"야, 여, 여기가 어디야?"

"어디서 많이 본 초가집인데, 헐! 여기 그림 속 폭포 옆에 있던 초가집 아니야?"

"그래, 주변을 봐 봐, 그림처럼 검은색과 회색, 흰색뿐이야!"

"이럴 수가, 수묵화 그림 속 맞네."

아이들은 겁에 질려 한마디씩 했어.

"이럴 때가 아니야, 우리 모두 정신 차리자!"

양우는 초가집 안을 구석구석 살펴보며 말했어. 우주와 제윤이는 자리에 털썩 앉아 엉엉 울고, 도현이와 승후는 초가집 담장 밖으로 나가려 했지. 재혁이와 원우는 주머니에 있던 휴대폰을 꺼냈어.

"야, 휴대폰 안 된다."

재혁이가 떨리는 목소리로 말해.

"어!, 얘들아, 이리 와 봐. 우리 담장 밖으로 못 나가. 무슨 투명한 벽이 초가집을 에워싸고 있는 것 같아."

담장 옆을 서성이던 도현이가 마치 공중에 투명 벽이 있는 듯 손으로 쓸며 소리를 쳤어.

"야! 저기 좀 봐. 괴물, 괴물이야!"

승후 말에 아이들은 우르르 담장 옆으로 달려갔지. 저기 검은

숲에서 온갖 괴물들이 침을 흘리며 아이들 쪽으로 다가왔어. 아이들은 초가집을 둘러싼 투명한 벽을 더듬거리며 혹시 나갈 수 있는 곳이 있는가 살폈지. 금세 괴물들은 성큼성큼 다가와 투명한 벽을 힘껏 두드렸어. 괴물들 모습이 어찌나 끔찍하게 생겼던지 아이들은 공포에 다리가 후들거리며 그 자리에 주저앉아 버렸지.

"우, 우리 괜찮을 거야! 투명한 벽이 있잖아. 저 괴물들은 여기 못 들어 온다구."

제윤이는 큰소리치지만, 검지손가락으로 조심히 벽을 두드리며 얼굴은 곧 눈물을 쏟을 표정이야.

"야, 저기 봐. 저, 저 처녀 귀신이 투명 벽 아래 땅을 파는데."

원우는 장독대가 있던 투명 벽 쪽을 보더니 벌벌 떨며 말해. 아이들이 원우가 말한 쪽을 봤더니 정말 처녀 귀신이 가로로 길게 찢어진 입으로 웃으며 투명 벽 아래 흙을 긴 손톱으로 긁어 파는 거야. 아이들은 너무 무서워서 벌벌 떨었어.

"우, 우, 우리, 여기 초가집을 뒤져서 뭐라도 찾아봐야 하는 것 아냐? 숨을 곳이라든가, 빠져나갈 곳이라든가, 아님, 무기라도."

제윤이 말에 모두 흩어져서 초가집을 자세히 살펴보기로 했어.

"여기 봐. 여기 주머니에 쪽지와 콩이 있는데."

우주가 장독대 위에 놓여 있는 검은색 주머니를 흔들며 말해.

아이들이 모두 장독대로 다가가 주머니 안을 보니 우주 말대로 접혀 있는 쪽지와 검은콩 여러 개가 보여. 우주는 쪽지를 펴서 다급한 목소리로 읽었지.

"여러분의 탈출을 돕겠습니다. 콩이 18개 있습니다. 18개의 6분의 3만큼 장독대 안에 담으세요."

문제를 해결하기 전 34쪽 분수를 공부해 봅시다. 정답도 확인해 봅니다.

18의 6분의 3만큼의 콩을 장독대 안에 그리세요.

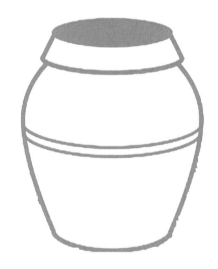

"야, 빨리 콩을 항아리 속에 담아."

담장 아래 투명 벽 사이로 삐져나온 처녀 귀신 손을 보던 우주가 벌벌 떨며 말했어. 재혁이는 망설임 없이 18의 6분의 3만큼 콩을 항아리 안으로 넣었어. 재혁이가 콩을 항아리에 담자마자 '펑' 하고 소리가 나더니 글쎄 항아리 아래로 길이 생기는 거 있지. 마치 미끄럼틀처럼. 아이들은 하나, 둘 항아리 속 미끄럼틀을 타고 내려갔어. 마지막으로 항아리에 들어간 재혁이가 뚜껑을 머리 위로 들어 올려 닫았어. 그리고는 항아리 아래로 난 미끄럼틀 길로 쭉 빠져나갔지. 처녀 귀신한테 코앞에서 잡힐 뻔한 아주 아슬아슬한 탈출이었다니깐.

아이들은 '쿵, 쿵, 쿵' 엉덩방아를 찧으며 감나무밭 아래로 떨어졌어.

"어, 이곳은 수묵화 폭포를 가로질러 왼편에 있는 감나무밭이잖아."

제윤이가 주변을 두리번거리며 말해. 저기 멀리 폭포수 건너

편으로 초가집과 투명 벽 안에서 우글거리는 괴물들이 보이네. 아이들은 안도의 한숨을 쉬었지만 여전히 그림 속이야.

"너희 배고프지 않니? 아이 정말, 여기 널려 있는 감을 먹고 싶어도 전부 다 검은색과 회색 감이라 익었는지 알 수가 있어야지."

땀을 뻘뻘 흘리던 승후가 큼지막한 감 하나를 들고 말해. 아이들은 기진맥진해서 감나무 아래 힘없이 앉아 있어. 승후처럼 다들 배가 고파.

"에라, 모르겠다. 먹자! 어, 맛있네! 와!"

큼직한 감을 오물오물 맛있게 씹어먹는 승후의 한마디에, 아이들은 모두 주변에 널려 있는 감을 허겁지겁 먹었지. 정말 맛있는 모양이야. 한참을 그렇게 정신없이 먹고 있는데 갑자기 주변이 깜깜해져. 아이들은 동시에 하늘 위를 올려봤어. 글쎄 엄청난 까마귀 떼가 아이들 머리 위로 뱅뱅 돌고 있는 거야. 아이들은 너무 무서워서 감을 먹다 말고 혼비백산 감나무밭을 나가려고 했어. 그때마다 까마귀 떼 중 큰 녀석들이 쏜살같이 아래로 내려와 아이들을 날카로운 부리로 쪼는 거야. 까마귀 떼가 점점 더 아이들 가까이 내려왔어.

"감나무밭만 나가려 하면 저 까마귀들이 공격하는 것 같아, 저 까마귀 떼가 한꺼번에 공격하기 전에 여기 밭을 뒤져서 뭐라도 찾아봐야 하는 것 아냐? 숨을 곳이라든가, 아님, 무기라도."

도현이 말에 모두 흩어져서 감나무밭을 자세히 살펴보기로
했어.

"야, 이리 와봐. 여기 자루 안에 쪽지가 있는데?"

가장 큰 감나무 아래 널브러져 있는 자루를 하나 들추던 양
우가 쪽지를 흔들며 말해. 아이들이 모두 자루 안을 보니 양우
말대로 접혀 있는 쪽지가 보여. 양우는 큰 목소리로 빠르게 읽
었지.

"여러분의 탈출을 돕겠습니다. 여러분 앞에 있는 감나무에는
감이 24개가 있습니다. 24개의 4분의 2만큼 자루 안에 담으세
요."

☆ 잠깐

문제를 해결하기 전 34쪽 분수를 공부해 봅시다. 정답도 확인해 봅시다.

24의 4분의 2만큼의 감을 자루 안에 그리세요.

"야, 빨리 감을 자루 안에 담아."

원우가 쪼그리고 앉아 머리에 손을 얹고 점점 다가오는 까마귀 떼를 보며 소리쳐. 재혁이는 망설임 없이 자루를 열어 24의 4분의 2만큼 감을 넣었어. 재혁이가 감을 자루에 담자마자 '찌익' 하고 자루 아래쪽이 찢어지더니 까만 터널이 보이네. 아이들은 하나둘 자루 속 터널로 들어갔어. 마지막으로 들어간 재혁이가 자루 입구를 야무지게 꼬아버렸지. 혹시나 까마귀 떼가 자루 안으로 들어올까 봐 무서워서 그런 것 같아.

아이들은 데구루루 자루 터널 끝까지 구르다 밤나무 아래로 떨어졌어. 커다란 밤송이 가시에 엉덩이가 찔려 어찌나 아프던지 모두 눈물 콧물 흘리며 울었어.

"얘들아, 그만 울고, 무슨 일이 나기 전에 정신 차려! 그림에서 밤나무는 못 봤는데, 여기가 어딜까?"

도현이가 주변을 두리번거리며 말해. 제윤이는 폭포수 위에 그려진 숲속에 뾰족하게 튀어나온 밤나무 한 그루가 생각났어.

"여기 그림 맨 위쪽이야. 그렇다면 밤나무 뒤로는 그림이 없다는 말인데. 우리 이제 여기서 나갈 수 있는 거 아냐?"

제윤이 말에 아이들은 기뻐하며 밤나무 너머로 곧장 달려갔어. 밤나무 너머로는 아무것도 없었어. 그냥 흰색 방 같아. 아이들은 이내 실망하고 밤나무 아래쪽을 넘어 다 보았지. 왼쪽 저기 멀리 감나무밭에 까마귀 떼, 폭포수를 가로질러 오른쪽에는 초가집에 괴물들이 바글바글.

"얘들아, 여기도 혹시 퀴즈 같은 것이 있지 않을까? 퀴즈를 풀면 아마 이곳에서 탈출할 수 있을지도 몰라."

우주 말에 아이들은 밤나무 근처를 샅샅이 살폈어. 아무것도 없어. 원우가 두리번거리며 밤나무 위쪽을 살피더니 밤나무 가지 사이에 자리 잡은 새집을 봤어. 그리고는 망설임 없이 침을 탁탁 손바닥에 뱉더니 나무를 타고 기어오르는 거야. 아이들은 불안한 듯 나무에 힘겹게 오르는 원우를 밤나무 아래서 처다봤어.

"얘들아, 여기 새집 안에 쪽지 있어."

원우는 쪽지를 입에 물고 쏜살같이 밤나무 아래로 내려왔어. 원우 주변으로 아이들이 모였어. 원우는 큰 소리로 쪽지를 펴서 읽었지.

"1과 3분의 1 더하기 2와 3분의 1."

"엥? 그게 다야? 어디 이리 줘봐. 1과 3분의 1 더하기 2와 3분의 1? 이것을 뭐 어떻게 하라고?"

승후가 원우 손에 있던 쪽지를 낚아채며 짜증스러운 말투로 다시 읽었어.

☆ 이번 문제는 무엇을 의미하는 것일까? 네 생각을 쪽지에 적어 봐.

$$1\frac{1}{3} \; + \; 2\frac{1}{3}$$

??
뭘까? 먹는다? 잡는다? 씻는다? 굴린다? 담는다?

"밤을 1과 3분의 1 더하기 2와 3분의 1만큼 먹는 건가?"

승후가 밤나무 아래 떨어져 있는 밤송이를 벌리며 말해. 밤송이를 벌리자 신기하게도 모든 밤송이에 똑같은 크기의 밤알이 3개씩 있는 거야. 같은 크기의 밤알을 본 우주도 신기하다는 듯, 뾰족한 밤송이를 발로 밟아서 다 열어 보려고 해.

"어? 밤 먹을 때 크기가 다 다르던데, 이상하네. 밤송이 크기도 다 같잖아?"

"야! 조우주! 밤송이를 다 열어 버리면 분수 문제를 어떻게 풀어! 왜 똑같은 크기의 밤송이에 3알씩만 들어 있겠어? 이것은 분명 여기 있는 밤들이 분수 문제와 관련 있다는 의미야."

"제윤이 말이 맞아. 문제의 답만큼 밤을 먹는 것이 정답! 확실해."

승후는 제윤이 말에 엄지를 치켜세우더니, 허둥지둥 주변에 떨어진 밤을 답만큼 주워서 먹으려 해.

"아냐, 익지도 않고 까기도 힘든 밤을 어떻게 먹어? 아마도 밤나무 아래 답을 적으면 되지 않을까?"

제혁이가 긴 나뭇가지를 주어 밤나무 아래서 숫자를 쓰면서 말해.

"너희 모두 틀렸어."

"그러면 답이 뭔데? 잘난 척은!"

아이들은 한참이 지나도록 서로 옥신각신 다투기만 해. 원우가 갑자기 모자를 벗더니 1과 3분의 1 더하기 2와 3분의 1의 밤을 쓰고 있던 모자에 주워 넣고 나무 위에 다시 올라가.

☆ 원우 모자에 담은 밤송이와 밤알을 답만큼 그려 보자.
☆ 잠깐: 그림을 그리기 전 34쪽 분수를 공부해 봅시다.

정답도 확인해 봅니다.

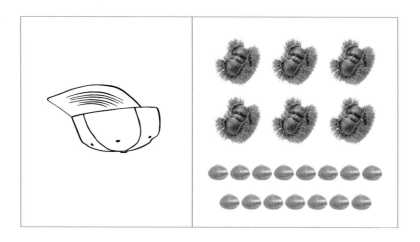

　밤나무 꼭대기에서 오른 원우가 밤을 모자에서 꺼내려 하자
휙 하고 바람이 불어 모자가 하늘 위에서 뱅글뱅글 돌며 저 멀리
날아가 버렸어. 모자 안에 있던 밤과 같이 말이야.
　"어, 내 모자! 우리 형이 사 준 건데……."
　원우는 얼굴을 잔뜩 찡그리며 중얼거렸어. 아이들은 그림 속
저 너머 하얀 공간에서 뒹구는 원우의 모자를 놀라 쳐다봤지.

"모자 잃어버리면 우리 형한테 혼날 텐데! 내가 가서 주워 올 테니 너희는 여기 있어."

원우는 밤나무 위에서 쏜살같이 내려와 밤나무 너머로 발을 뻗으려 해.

"원우야, 설마 저 하얀 공간에 가려고? 거기 낭떠러지면 어떡해!"

재혁이가 원우 옷을 잡아당기며 말했어. 원우는 괜찮다는 듯 씩 웃더니 한발 나갔어. 하얀 허공에서 모자 쪽으로 달려가려 하는데 자꾸자꾸 위쪽으로 올라가. 마치 눈에 보이지 않는 투명 계단이 있는 것 같아. 그런데 아무리 달려도 모자에서 점점 멀어지는 거 있지. 손을 뻗어도 모자는 닿지 않았어. 원우는 더 힘껏 달렸어. 뒤를 돌아보니 저 아래쪽에 서 있는 친구들이 개미만큼 작아 보여. 온통 흰색이라 도통 여기가 어디인지 잘 모르겠어. 한참을 달려서 올라갔을까? '쿵' 하고 머리를 부딪치는데 벽이야. 머리를 어찌나 세게 부딪쳤는지 머리에 혹이 난 것 같아. 그런데 부딪친 벽에서 익숙한 소리가 들리는 거야.

'이 소리는 우리 반 친구들이 쉬는 시간에 노는 소리인데?'

원우는 신기한 듯 귀를 대고 들었어. 신정은 선생님의 목소리도 들리는 것 같아.

"선생님, 선생님!"

원우는 세게 투명 벽을 치며 말했어. 벽에 틈이 생기더니 작은 틈 사이로 3학년 2반 교실이 빼꼼히 보여. 원우는 더 세게 힘껏 하얀 벽을 밀었지만 더 이상 열리지 않아. 원우는 재빨리 투명 계단 아래로 내려가 친구들에게 본 것을 말했어. 원우의 말을 들은 친구들은 처음엔 원우 머리에 난 혹을 보며 어디 부딪쳐서 헛것을 봤을 거라고 생각했지. 하지만 뭐 그림 속에 온갖 일을 다 겪고 있는 친구들 아니겠어.

"우리 다 같이 가 보자. 여기 있는다고 빠져나갈 방법도 없고 말이야."

제윤이는 심각한 표정으로 말했어.

"그래, 도현이와 승후의 주먹 한 방이면 열리지 않을까? 하하."

양우가 옆에 있던 승후의 손을 감싸며 말해.

"그냥 빨리 가자. 감나무밭에 있는 까마귀 떼가 이곳에 올 수도 있어."

우주는 저 아래 까만 까마귀 떼가 다 먹어가는 감나무밭을 보며 잔뜩 겁먹은 표정을 지어.

"그래, 가 보자."

아이들은 다 같이 하얀 공간 속 투명 계단 위로 달려갔어. 살짝 열린 벽에 기대며,

"하나, 둘, 셋!"

아이들은 구호를 외치며 힘껏 벽을 밀었지.

'삐익~'

문이 열리자, 월요일 반장 건호가 문 앞에 서 있는 거야.

"야, 너희들 선생님 옷장 안에서 뭐 해?"

건호가 큰 소리로 말하자 신정은 선생님과 3학년 2반 학생들이 우르르 옷장 속 아이들 앞으로 몰려와. 아이들은 순간 이 장면이 꿈인지 생시인지 분간이 안 가서 제윤이는 자기 볼을 꼬집고, 우주는 엉엉 울고, 양우는 횡설수설….

"선생님 옷장에서 뭐 해요? 다치면 어떡하려고, 또 장난이야? 수학 시간 3분 전, 빨리 자리에 앉아요."

신정은 선생님께서는 아이들을 노려보며 화나신 듯 말씀하셨어.

아이들은 믿기지 않는 이 순간이 꿈이 아니길 바라며 얼이 나간 듯 자리에 앉았지. 수학 시간이 시작되자 신정은 선생님께서 감과 자루를 책상 위에 올려두시며 말씀하셔.

"여러분 앞에 있는 바구니에는 감이 24개가 있습니다. 누가 24개의 감을 4분의 2만큼 자루 안에 담아 볼까?"

12시 귀신 팀 아이들은 어리둥절하며 서로를 바라봤어. 승후가 번쩍 손을 들더니,

"선생님, 정답 맞으면 감 하나 주세요."

"그래, 승후가 한번 담아 보자."

그림 속에서 봤던 그 자루하고 같아. 승후는 손으로 자루를 잡고 감을 넣으려니 자루 아래로 또 터널이 생기지 않을까 으스스한 생각이 들었어. 하지만 감을 꼭 받고 싶어. 선생님 말씀이 끝나기도 전에 후다닥 감을 자루에 밀어 넣었지.

학교가 끝나자마자, 12시 귀신팀은 제윤이 집으로 몰려가.

"우리 정말 저 그림 속으로 간 것 맞지?"

재혁이는 수묵화 그림을 뚫어져라 바라보며 말해.

"난 오늘 선생님 수학 문제를 듣고 닭살 돋았다니까! 우리가 저 그림 속 감나무밭에서 풀었던 문제잖아. 이 감 한번 먹어 보자. 혹시 이 감이 저 그림 속 감이 아닐까? 나 아직도 그림 속에서 먹었던 달콤한 감 맛이 생각나. 먹어 보면 알 것 같아. 같은 감인지."

승후는 오늘 수학 시간에 선생님께 받은 커다란 감을 가방에서 꺼내 보여.

"설마 같은 감이겠어."

"맞아, 말도 안 돼."

몇몇 친구들이 승후 말에 중얼거리며 답해. 원우는 승후의 감에는 눈길도 주지 않고 그림만 바라봐.

"우리가 겪은 일을 생각해 보면 말이 안 되는 것은 없지. 제윤아, 너희 집에 돋보기 있니? 내가 두고 온 모자가 저 그림 속 어디엔가 있을지도 몰라."

원우는 제윤이가 건넨 커다란 돋보기를 그림에 바짝 대며, 꼼꼼하게 보고 있는데,

"야, 우리가 먹었던 감 맛이야!"

감을 한 입 크게 베어 먹은 승후가 깜짝 놀라 말해. 옆에 있던 아이들은 승후의 남은 감을 서로 먹어 보려고 야단이야.

"어! 내 모자, 내 모자가 그림 안에 그려져 있어!."

그림을 뚫어져라 보고 있던 원우가 떨리는 목소리로 말해. 아이들은 먹던 감을 입에 물고 그림 앞에 가 섰지. 한참을 그렇게 서서 돋보기에 비치는 그림 속 원우의 모자를 신기한 듯 보는데 벌써 12시야. 하지만 더 이상 폭포 속 12시 귀신은 보이지 않았어.

수학: 수와 연산(분수)

분수란 무엇일까요?

분수란 전체에 대한 부분을 나타내는 숫자를 말해요. 전체를 똑같이 전체를 똑같이 2로 나눈 것 중의 1을 $\frac{1}{2}$ 이라 쓰고 2분의 1이라고 읽습니다.

이때 $\dfrac{1 \leftarrow 분자}{2 \leftarrow 분모}$ 중 2는 분모라고 하고 1은 **분자**라고 합니다.

사진 속 쿠키를 정확히 반으로 잘라 한 조각만 먹었을 때 쿠키의 $\frac{1}{2}$ 을 먹었다고 할 수 있어요.

그렇다면 쿠키를 같은 크기로 4조각으로 잘라 그중 한 조각을 먹으면 분수로 어떻게 쓸까요?

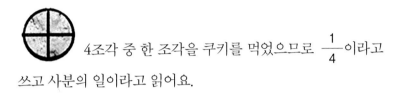 4조각 중 한 조각을 쿠키를 먹었으므로 $\dfrac{1}{4}$이라고 쓰고 사분의 일이라고 읽어요.

'12시 귀신' 이야기 속 분수 문제를 알아봅시다.

문제 1. 18의 6분의 3만큼의 콩을 장독대 안에 그리세요.

18개의 검정콩이 있어요. 6분의 3이니 6개의 그릇을 준비합니다. 6개의 그릇에 18개의 검정콩을 똑같이 나누어 담으면 한 접시에 3개씩 담을 수 있어요.

6분의 3이면 6개의 접시 중 3접시에 있는 콩을 말해요. 이 콩들을 장독대에 담으면 모두 9개가 됩니다. 12시 귀신팀 아이들은 9개의 콩을 장독대에 담아 탈출할 수 있었어요.

귀곡초 3학년 2반

문제 2. 24의 4분의 2만큼의 감을 자루 안에 그리세요.

24개의 감이 있어요. 4분의 2이니 4개의 그릇을 준비합니다. 4개의 그릇에 24개의 감을 똑같이 나누어 담으면 한 접시에 6개씩 담을 수 있어요.

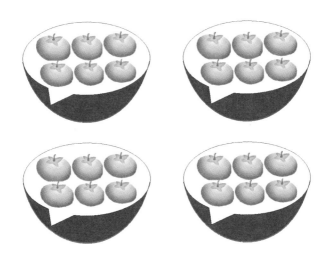

4분의 2이면 4개의 접시 중 2접시에 있는 감을 자루에 담으면 됩니다. 이 감은 모두 12개입니다. 12시 귀신팀 아이들은 12개의 감을 자루에 담아 탈출할 수 있었어요.

분수의 종류

$\dfrac{1}{3}$, $\dfrac{2}{3}$ 와 같이 분자가 분모보다 작은 분수를 **진분수**라고 해요.

$\dfrac{3}{3}$, $\dfrac{4}{3}$ 와 같이 분자와 분모가 같거나 큰 분수를 **가분수**라고 해요.

$\dfrac{3}{3}$ 은 1과 같아요. 1, 2, 3과 같은 수를 자연수라고 한답니다.

'12시 귀신' 이야기에서 나오는 1과 3분의 1은 **대분수**라고 불러요.

1 $\frac{1}{3}$라고 쓸 수 있어요. 여기에서 1은 자연수로 밤 한 송이를 의미해요. 그럼 $\frac{1}{3}$는 무엇을 의미할까요? 한 송이 밤에 있는 밤 알을 똑같이 3개로 나누어 담아 그중 1개를 의미해요. 이야기 속 밤송이에는 밤 3알이 들어 있으니

이 중 3분의 1은 밤 1알을 말해요.

대분수의 덧셈

분모가 같은 대분수의 덧셈

분모가 같은 대분수의 덧셈은 먼저 자연수를 더해요. 분모는 그대로 두고, 분자끼리 더해주면 됩니다.

문제 3. 1과 3분의 1 더하기 2와 3분의 1

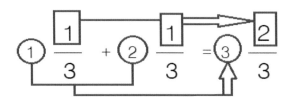

　이야기 속 1과 3분의 1 더하기 2와 3분의 1을 밤송이로 생각해 봅시다.

　1과 3분의 1은 밤 한 송이와 밤 한 알

　2와 3분의 1은 밤 두 송이와 밤 한 알

모두 더하면 밤 세 송이와 밤 두 알이 됩니다. 이것이 바로 이
야기 속 정답!

원우의 모자 속 밤의 개수랍니다.

미술: 수묵화

수묵화란 무엇일까요?

색을 칠하지 않고 먹물로만 그리는 우리나라 전통 그림을 말해요. 수묵화에서는 선과 여백의 아름다움이 무척 중요합니다. 화선지 위에 먹의 진하고 연하기와 번짐을 통해 표현하기 때문에 붓의 움직임도 중요하답니다. 그림 전체가 다양한 색으로 가득한 서양화에 비해 수묵화는 하얗게 빈 여백이 많아요.

수묵화의 농담

12시 귀신 팀에서 아이들에게 수묵화 그림 속에서 흰색, 회색, 검정색만 보였던 이유는 무엇일까요?

아이들이 들어간 그림은 수묵화였기 때문입니다. 수묵화는 색칠을 하지 않고 먹의 짙고 옅음만을 이용해 그림을 그려냅니다. 이것을 농담(濃淡)이라고 하는데, 농담 표현은 움직임의 효과를 내거나 공간감을 주는 중요한 기법입니다. 붓의 물기를 조절해 물과 먹의 양의 조절하여 표현할 수 있어요. 붓에 물을 묻히고 먹을 살짝만 바르면 회색같이 보이는 연한 먹색이 됩니다. 이것을 담묵이라고 해요. 물과 먹을 중간 정도로 표현하면 중묵이라고 불러요. 중묵은 진한 회색처럼 보여요. 붓 전체에 먹을 묻혀, 검정색처럼 진한 먹색으로 표현하면 농묵이라고 불러요.

수묵화의 여백

그림을 그리고 남은 빈자리를 여백이라고 불러요. 수묵화는 색칠이 되지 않은 공간이 많은 것이 특징입니다. 이것이 '12시 귀신' 이야기 속 아이들이 밤나무 너머 하얀 공간을 본 이유이기도 해요.

2

아슬아슬 유령마을
탈출기

학교에서 체험학습 가는 날이야. 9시 30분까지 학교에 오면 되는데 귀곡초등학교 3학년 2반 몇몇 아이들은 약속이라도 한 듯 7시부터 교실에 앉아 있어. 다들 피곤하지도 않은지 큰 소리로 떠들어.

"코로나 이후 정말 오랜만에 가는 체험학습이라, 너무 떨려서 새벽에 눈이 저절로 떠지는 것 있지."

"나도."

"체험학습 가려면 아직도 2시간이나 기다려야 되는 거야? 우리 선생님 오시기 전에 학교 앞 마트 안 갈래? 내가 살게."

하늘이가 벽시계를 힐끗 쳐다보더니 두둑한 지갑을 만지작거리며 말해. 남자아이들은 하늘이를 보며 엄지를 치켜세우더니 함박웃음을 지었어.

"마트 가면 제시간에 학교 못 올 것 같은데, 괜찮을까?"

은우만 걱정되는 듯 아이들을 바라보며 말했어.

"우리 반 여자애들은 확실히 소심해. 특히, 너 은우! 넌 너무 걱정이 많아. 신정은 선생님께서는 우리를 두고 가실 분이 아니시지. 우리를 기다려 주실 거야. 하늘이가 사 준다고 할 때 가자. 교실에 혼자 있으면 무서울 것 같은데."

건호가 은우를 곁눈질하며 말했어. 건호는 친구들에게 은우가 정말 좋다고 해 놓고는 정작 은우가 말할 때마다 자꾸 시비야.

"남녀 성차별에 대해 배웠잖아! 네가 한 말이 바로 성차별이라구. 하나도 안 무서워. 너희 정말 갈 거야? 너희들 제때 오게 하려면 나도 가야겠네."

은우는 건호의 말에 기분이 나빴는지 입을 삐죽거리며 마지못해 아이들을 따라나서며 말했지. 마트에서 아이들은 정말 신났어. 하늘이가 마음대로 먹고 싶은 것, 갖고 싶은 것 고르라고 했거든.

"얘들아, 10시야! 어떡해! 빨리 가자."

은우가 시계를 보며 꽥 소리를 지르자, 남자아이들은 느긋하게 학교로 향했어.

"앗! 우리 두고 다들 출발했나 봐!"

은우가 텅 빈 교실을 보며 소리쳤어. 교실에 도착했는데 친구들 실내화만 바닥에 뒹굴고 있었어. 아이들은 서로 약속이나 한 듯 체험학습 갈 때마다 버스가 대기했던 장소로 뛰어갔어.

"야! 저기 봐! 버스 한 대 있는데, 우리 반 아니야?"

희완이가 도롯가 멀리 떨어진 곳에 세워진 허름한 버스 한 대를 가리키며 말했지. 아이들은 모두 허겁지겁 그쪽으로 달려갔어. 깨진 유리창에는 테이프가 더덕더덕 붙어 있고, 이곳저곳 부서져서 정말 움직이는 버스 맞나 할 정도로 형편없는 버스였다니깐. 아이들은 버스 앞을 서성이며 유심히 살펴봤지. 버스 옆에 '귀곡초, 3학년 2반'이라고 선명하게 적힌 안내판을 보고 나서야 안도의 한숨을 쉬며 버스에 올랐어.

신정은 선생님과 3학년 2반 친구들은 땀을 뻘뻘 흘리며 버스에 타는 아이들을 바라보지도 않고 인사도 없이 가만히 정자세로 앉아 있었어. 아이들은 멋쩍은 듯 선생님께 가볍게 인사를 하

고 빈자리에 살금살금 걸어가 앉았어. 항상 반갑게 인사하는 선생님과 반 친구들이 한마디도 하지 않은 걸 보니 정말 화가 많이 난 듯 보였어. 앉자마자 버스는 조용히 출발했지. 쉬는 시간이며 청소 시간마다 와자지껄 떠드는 반인데, 아무런 말도 하지 않고 움직임 없이 정면을 바라보는 친구들이 무서울 정도였다니깐. 희완이는 오늘 아침 너무 일찍 일어난 탓에 졸음이 몰려왔어. 잠깐 눈을 감고 있는데 옆에 앉아 있는 성진이가 희완이를 흔들어 깨웠어.

"밖을 봐, 깜깜해. 체험학습장은 보이지도 않고 버스가 점점 산으로 가고 있어. 저기 앞에서부터는 자갈길이야. 뭔가 이상하지 않아. 내 휴대폰 좀 봐. 시간이 아직도 10시 10분이야. 엄마한테 전화했는데 발신 제한 지역이래."

성진이는 떨리는 목소리로 귓속말을 건넸어. 희완이도 휴대폰을 꺼내 봤지.

"내 휴대폰 시간도 10시 10분! 뭔가 이상해! 내가 선생님께 한번 말씀드려볼게."

희완이가 신정은 선생님께 조용히 다가가 말했어.

"선생님, 버스가 자꾸 산으로 가는데 여기가 체험학습 장소 맞나요?"

선생님께서는 희완이의 눈도 마주치지 않으셨어. 그런 모습은 처음이야. 다섯 명 아이들만 불안한 듯 서로를 쳐다봤지. 이때 건호가 벌떡 일어서서 선생님 옆자리로 성큼성큼 가더니 선생님 어깨를 툭 치며 불렀어.

"선생님!"

"악!"

건호의 손이 선생님 어깨에 닿자마자 선생님께서 연기처럼 사라지는 것 있지. 다섯 명 아이들은 모두 깜짝 놀라 버스에 말없이 앉아 있는 친구들을 흔들었어. 친구들을 만질 때마다 연기처럼 사라져 버렸어. 아이들은 얼굴이 파래지고, 손발이 후들후들 떨려. 희완이는 바닥에 주저앉고 말았지. 은우는 얼른 버스 기사님에게 갔어.

"기사님! 차 세워주세요."

은우가 버스 기사님 팔을 잡자, 기사님 몸통이 '휘리릭' 연기처럼 사라지는 거야. 글쎄, 팔만 핸들에 매달려 있는 것 있지. 액셀을 밟지 않아도 버스는 계속 달렸어. 하늘이, 성진이와 건호는 잽싸게 은우 옆으로 달려가 핸들에 매달린 손을 잡아떼려고 안간힘을 썼지. 희완이도 뭔가를 해야겠다 싶어 떨리는 다리로 버스 앞쪽으로 걸어갔어. 아버지께서 운전하실 때 유심히 봤던 핸들 아래 브레이크를 힘껏 눌렀어. 분명 브레이크를 눌렀는데 액셀을 밟은 듯 버스는 더 세게 달렸어.

'덜컹덜컹, 삐익.'

자갈길을 세차게 달리던 버스는 깊은 산 속 공동묘지 앞에서 멈췄어. 순간 다섯 명의 아이들은 '악' 소리를 지르며 눈 앞에 펼쳐지는 광경이 믿기지 않는 듯 눈도 비비고 볼도 꼬집고 그래. 글쎄, 공동묘지에 묻힌 시체들이 묘지를 뚫고 벌떡벌떡 일어나. 괴물들이 순식간에 버스를 에워싸는데, 버스 앞문이 쓱 열리는 거야. 아이들은 벌벌 떨며 버스 뒤쪽 구석으로 허둥지둥 도망가 웅크리며 앉았어. 눈이 없는 괴물들이 버스에 하나, 둘 올라와. 아이들의 비명 소리와 '그르렁'거리는 괴물들의 소리가 엉켜 어두컴컴한 산에 울려 퍼졌어. 괴물들은 점점 아이들에게 성큼성큼 가까이 다가왔지. 서로 버스 맨 뒤로 가겠다고 밀치는데 어느새 아이들 곁으로 할아버지 괴물이 다가왔어. 할아버지 괴물은 아이들 쪽으로 손을 쭉 뻗었는데, 희완이 엉덩이에 손가락이 살짝 닿았어. 희완이는 너무 놀라 자기도 모르게 방귀를 '뿡' 하고 뀌었지. 그런데 희완이의 방귀가 어찌나 독한지 괴물들이 '억' 하며 쓰러지는 거야. 아이들은 이때다 싶어 쓰러진 괴물들 사이로 도망가려 하는데, 또 괴물들이 일어나.

"희완아, 네 방귀가 무기인 것 같아! 더 뀌어 봐! 이러다 잡히겠어!"

성진이는 희완이 배를 힘껏 두드리며 소리쳐.

"아침에 먹은 것이 없어서 방귀가 안 나와! 네가 뀌어 봐!"

희완이 말에 성진이는 배에 힘을 팍 주며 '피웅' 하고 짧은 방귀를 뀌었어. 이번에는 성진이의 방귀 냄새에 괴물들이 덩실덩실 춤을 추는 거야. 아이들은 괴물들이 춤추는 틈을 타 잽싸게 버스 밖을 나와 숲속으로 달렸어. 뒤를 돌아보니 멀리 뒤에서 쫓아오는 괴물의 수가 점점 많아지는 것 같아. 숲 너머로 마을이 보였어. 다 부서진 집들에 아무도 보이지 않는 것이 꼭 유령마을 같아. 아이들은 한참 달리다 마을 끝에서 조금은 번듯해보이는 오두막집으로 들어갔어. 건호는 흐르는 땀을 옷소매로 쓱 문지르고 문을 재빠르게 잠갔어. 오두막집 안을 둘러보니 가운데에는 부서진 식탁만 덩그렇게 있었지. 식탁 위에 다 썩은 빵과 새까만 컵에 썩은 우유가 담겨 있었어. 텔레비전은 지지직거리며 켜있고, 거미줄이 너무 많아 숨을 쉴 수가 없어 모두 헉헉거렸어.

"야, 숨을 곳을 찾아보자."

은우는 큰 한숨을 쉬더니, 떨리는 목소리로 말했어. 은우 말에 아이들은 모두 집 안 구석구석을 살폈지. 그르렁 으르렁거리는 괴물들 소리가 점점 가까이 들리는 것 같아.

"어! 여기 지하로 통하는 문이 있는 것 같아."

건호가 방 한 모퉁이에 앉아 바닥으로 연결된 아주 작은 허름한 문을 열며 말해. 아이들은 우르르 건호가 말한 쪽으로 달려 갔어. 문이 어찌나 작던지 아이들은 몸을 최대한 웅크리고 문 아래 계단을 따라 내려갔지. 마지막으로 내려온 하늘이는 혹시나 괴물들이 들어올까 무서워 문을 단단히 고리에 걸었어. 지하실은 정말 어둡고 축축하고, 썩은 냄새가 고약하게 풍겼어. 지하실은 이 집보다 더 커 보였어. 괴물들이 벌써 집 안으로 들어온 것 같아.

'그르렁, 그르렁, 삐그덕, 삐그덕.'

머리 위로 들리는 소리에 아이들은 무서워서 금방이라도 울음을 터트릴 것만 같아.

하늘이는 계단 위를 한 번 쳐다보더니 주머니에서 휴대폰을 꺼내서 플래시 버튼을 눌렀어. 불이 켜지자 아이들은 화들짝 놀라 하늘이 주변으로 모였어.

"괴물들이 보면 어쩌려고! 불 꺼!"

"얼른, 꺼!"

아이들은 잔뜩 찡그린 얼굴로 하늘이를 쏘아 보며 말해.

"아까 괴물들 눈 봤어? 난 자세히 봤는데 눈이 없었어. 아까 괴물들이 우리 쫓아 올 때도 코를 벌렁벌렁거리며 킁킁거렸어. 눈이 아니라 냄새로 우릴 쫓아온 거라구. 확실해! 너희도 플래시를 켜봐. 이러고 있을 때가 아니야. 괴물들이 우리를 발견하기 전에 무슨 수를 써야 한다구."

"맞아. 나도 괴물 눈 못 봤어."

은우는 하늘이 말에 맞장구를 치며 휴대폰을 꺼내 플래시를 켰어. 다른 아이들도 잔뜩 웅크리며 괴물들이 우글거리는 천장을 보더니, 플래시를 조심히 켰어. 지하실이 환해졌지만 괴물들은 진짜 앞이 보이지 않는 모양이야. 불빛이 지하실 위로 새어 나갈 텐데 아이들을 못 찾은 것 같아. 아이들은 괴물들에게 들킬까 봐 살금살금 꽁지발을 하고 지하실 구석구석을 살폈지. 희완이는 자신에게는 괴물을 물리치는 방귀 무기가 있다는 생각에 마음이 차분해지면서, 순간 '이곳이 어떤 곳일까?' 하는 호기심이 생겼어. 다른 친구들은 허둥지둥 지하실 곳곳을 살피는데 희완이는 자기가 서 있는 벽면에 붙어 있는 지도에 눈길이 갔어. 지도에는 숲도 있고, 무덤도 있고, 분명 이 마을 지도 같아. 신기하게도 아이들이 있는 오두막은 지도에서 아주 자세히 그려져 있는 거 있지. 지하실까지도 말이야. 그림지도에는 희완이가 바라보는 지하실 벽면에 지도 대신 빨간색 버튼이 있고 그 아래 자그맣게 '씨앗 창고'라고 적혀 있었어.

희완이가 보고 있는 유령 마을의 지도를 상상해서 그려 보자.
그림을 그리기 전 64쪽 그림지도를 그리는 법을 알아 봅시다.

희완이는 자기도 모르게 그림지도에 '씨앗 창고'라고 적힌 벽을 더듬거렸지. 뭔가 만져지는 것 같아. 지도를 쭈욱 찢었는데 지도 아래로 정말 빨간색 버튼이 있고 그 아래 '씨앗 창고'라고 적혀 있는 거야. 버튼을 누르자 버튼 아래로 보라색 씨앗이 튕겨 나오더니 희완이 콧구멍에 팍 들어갔어. 희완이는 한쪽 콧구멍을 막고 '흥, 흥'거리며 씨앗을 콧구멍에서 겨우 꺼냈지.

　'뭐야? 보라색 씨앗이잖아. 뭐지? 한 번 더 눌러 볼까?'

　버튼을 다섯 번 연이어 누르자 씨앗 다섯 개가 '팍, 팍, 팍, 팍, 팍!' 나오더니 희완이 뺨을 연거푸 때리며 바닥으로 떨어졌어. 희완이는 태어나서 처음 본 이상하게 생긴 씨앗들을 신기한 듯 자세히 보더니 바지 주머니에 주워 담았어.

　"희완아, 뭐해! 장난하지 마. 이 상황에 장난이 하고 싶니?"

　"장난이 아니라, 여기 버튼⋯."

　성진이가 짜증 섞인 말투로 속삭여. 희완이와 성진이가 옥신 각신하는데 먼발치서 하늘이가,

　"얘들아, 이리 와봐. 여기 바닥에 또 문이 있어. 비밀 자물쇠로

잠겨 있어.”

하늘이 말에 아이들은 우르르 하늘이가 있는 쪽으로 다가갔어.

“여기가 탈출구 아냐?”

“비밀번호만 알면, 열릴 것 같은데”

“번호가 뭘까?”

“나, 알 것 같아.”

“어떻게?”

“뭔데?”

희완이는 자신이 찢어 놓은 지도를 들고 와 친구들에게 보여줘.

“여기 유령마을 지도야, 이곳은 우리가 있는 지하실이고, 지도 뒷면에 무슨 문제 같은 것이 적혀 있었어. 이 문제를 풀면 비밀번호가 나오지 않을까?”

“난 또 뭐라고, 그냥 낙서야.”

“혹시 모르니까 한번 풀어 보자.”

“그르렁! 그르렁!”

아까보다 괴물들 소리가 더 가까워졌어. 건호는 천장을 쓱 훑어보더니 희완이 손에 있던 지도를 낚아챘어.

☆ 잠깐

여기서 지도 뒷면에 적힌 문제를 풀어보자. 정말 비밀번호 맞을까?

4학년부터 6학년은 이 문제를 풀어 봅시다.

0부터 10까지 숫자 중 하나를 고르세요.

거기에 55를 더하세요.

거기에 24을 더하세요.

거기에 44를 더하세요.

거기에 4를 빼세요.

거기에 100을 더하세요.

거기에 40을 빼세요.

처음 생각한 숫자를 빼세요.

거기에 27을 더하세요.

거기에 246을 더하세요.

거기에 6을 빼세요.

거기에 42를 빼세요

거기에 11를 곱하세요.

귀곡초 3학년 2반

답은?

1학년부터 3학년은 이 문제를 풀어 봅시다.

0부터 10까지 숫자 중 하나를 고르세요.

1. 거기에 1를 더하세요.

2. 거기에 6을 더하세요.

3. 거기에 2을 더하세요.

4. 거기에 5를 빼세요.

5. 거기에 처음 생각한 숫자를 빼세요.

6. 나온 숫자를 4번 쓰세요.

7. 답은?

"에구, 머리야. 이럴 줄 알았으면 평소 수학 공부 좀 열심히 해 둘걸."

성진이가 머리를 긁적이며 말해. 그때, 괴물이 지하실 문을 발견했는지 쿵쿵거리며 계단으로 통하는 문을 잡아당기려 해. 하늘이가 문고리를 걸어두지 않았으면 벌써 괴물들이 벌써 들어왔을 거야.

"야, 빨리, 빨리"

"그냥 아무 숫자나 눌러!"

"야! 지하실 입구 문이 열렸어. 어떡해!"

하늘이가 계단 아래로 그르렁거리며 내려오는 괴물들을 보며 큰소리를 말해. 다급해진 은우는 자물쇠를 당기더니 '4444'를 눌렀어. 순간 딸깍 소리를 내며 자물쇠가 열렸지. 아이들은 열린 문 아래를 보지도 않고 뛰어내렸어. 하마터면 맨 뒤에 있던 성진이가 괴물에게 잡힐 뻔했다니까.

'아악!'

분명 유령마을 오두막 지하실에서 그 안에 있던 또 다른 문으로 뛰었는데 글쎄, 눈 떠 보니 귀곡초등학교 3학년 2반 교실이야. 그것도 교실 선생님의 옷장 안!

"야, 너희 선생님 오시면 이른다. 얼마 전 12시 귀신팀이 선생님 옷장에서 장난치다 혼난 거 기억 안 나? 뭐해? 체험학습 가는 날까지 장난치면 어떡하냐고!"

선생님 옷장 앞에 서 있던 화요일 반장 수정이가 찡그린 얼굴로 칠판에 아이들 이름을 큼직하게 써.

'선생님 옷장에서 장난한 어린이: 박성진, 이건호, 황은우, 신

희완, 김하늘'

"아, 그게 아니라….."

옷장에서 나온 아이들은 울먹이며 교실에 있던 친구들에게 있었던 일을 앞다투며 말했지만 아무도 믿지 않았어. 이제 막 교실에 들어오신 신정은 선생님께는 옷장에서 장난쳤다고 된통 혼나고 말이야. 그날, 체험학습 가는 버스 안에서 다섯 명의 아이들은 진짜 유령마을로 갈까 봐 벌벌 떨었단다.

수학: 수와 연산

열쇠 번호 알아맞히기

0부터 10까지 숫자 중 하나를 고른 숫자는 나중에 다시 뺍니다. 그러니 계산할 필요가 없겠죠? 4학년부터 6학년 문제는 1번과 8번을 빼고 계산하면 됩니다. 1학년부터 3학년 문제는 1번과 6번을 빼고 계산하면 됩니다.

4학년부터 6학년은 이 문제를 풀어봅시다.

1. 0부터 10까지 숫자 중 하나를 고르세요.
2. 거기에 55를 더하세요. 55
3. 거기에 24을 더하세요. 55+24=79
4. 거기에 44를 더하세요. 79+44=123
5. 거기에 4를 빼세요. 123 - 4=119

6. 거기에 100을 더하세요. 119+100=219

7. 거기에 40을 빼세요. 219 - 40=179

8. 처음 생각한 숫자를 빼세요.

9. 거기에 27을 더하세요. 179+27=206

10. 거기에 246을 더하세요. 206+246=452

11. 거기에 6을 빼세요. 452 - 6=446

12. 거기에 42를 빼세요. 446 - 42=4404

13. 거기에 11를 곱하세요. 4404 × 11=4444

14. 답은? 4444

1학년부터 3학년은 이 문제를 풀어 봅시다.

1. 0부터 10까지 숫자 중 하나를 고르세요.

2. 거기에 1를 더하세요. 1

3. 거기에 6을 더하세요. 1+6=7

4. 거기에 2을 더하세요. 7+2=9

5. 거기에 5를 빼세요. 9 - 5=4

6. 거기에 처음 생각한 숫자를 빼세요.

7. 나온 숫자를 4번 쓰세요. 4444

8. 답은? 4444

사회: 그림지도

기호를 정하여 그림지도 그리기

순천만 국가 정원 입구에는 정원 전체를 안내하는 그림지도가 있어요. 이 그림지도를 보면 각 국가의 정원 및 화장실을 쉽게 찾아갈 수 있어요. 그림지도 그리는 것이 어려울 것 같지만 누구나 그 방법을 알면 쉽게 그릴 수 있답니다.

그림지도 그리기

쉽고 간단하게 그림지도를 그리는 방법을 알아볼까요?

1. 그림지도를 그리려면 먼저 지도를 그릴 곳을 정하고 직접 가서 주위에 뭐가 있는지 자세히 살펴봐야 해요. 그리고 나서 높은 곳에 가서 그림지도에 그릴 자연환경인 산이나 바다 등

의 위치도 살펴봐요. 나중에 기억이 나지 않을 수 있으니 그림지도로 그릴 곳에 대해 간략하게 메모하거나, 사진으로 남겨 두면 좋아요. 선생님은 책을 읽을 때 책에서 묘사한 곳을 상상하며 읽어요. '유령마을 탈출기' 편을 읽고 머릿속에 유령마을 속 모습을 그려 보는 거죠. 산이나 숲의 위치, 버스, 묘지도 상상해 봐요. 상상한 유령마을의 모습을 간단하게 메모해 두거나 그림으로 그려 봅시다. 이때 그림은 자세하게 그릴 필요 없어요.

2. 다음으로 그림지도를 그릴 장소에 있는 중요한 건물들의 기호를 정해요. 기호를 정할 때는 실제 건물의 모습 중 중요한 특징을 생각하며 간단하게 나타내어 보면 좋아요. 예를 들면 교회는 십자가, 소방서는 119처럼요. 집이나 아파트처럼 많이 그려야 하는 것을 기호로 정해 두면 쉽게 지도를 그릴 수 있어요. 만약 기호를 정하지 않는다면 서로 다른 모양의 건물의 모양을 다 자세히 그려야 해서 너무 복잡해져요. '유령마을 탈출기' 이야기 속에서 묘지, 유령 집, 버스, 나무, 산 등을 기호로 정하고 색도 정해 봐요.

하진이가 정한 기호: 유령마을 지도 중

3. 동서남북 방향을 정해요. 가운데에 중심이 되는 건물을 그리고, 그 위를 북쪽, 아래를 남쪽, 오른쪽을 동쪽, 왼쪽을 서쪽으로 정하면 된답니다. 유령마을에서 아이들이 숨은 오두막집을 중심으로 해도 되고 아니면 유령 버스를 중심으로 정해 볼 수 있어요. 선생님은 그림지도를 그릴 때, 강조하고 싶은 부분을 가운데 두고 동서남북의 위치에 있는 것을 생각하며 그려요. 여러분도 선생님의 방법대로 하면 쉽게 그림지도를 완성할 수 있어요. 3학년 임하진은 서쪽에 유령마을 동쪽에 공동 묘지를 그렸어요. 어떤 친구는 유령마을을 가운데 자세히 그리고 북쪽으로 공동묘지와 숲을 그리기도 했어요.

4. 다음으로 길을 먼저 그리고 건물이나 산, 호수, 들판을 그려 넣어요. 유령마을의 집들을 먼저 그리고 길을 그린 친구는 건물의 배치 때문에 길을 여러 번 지웠다 그렸어요. 그래서 길을 먼저 그리기를 추천해요.

5. 미리 정해 놓은 기호를 사용해서 큰 건물이나 많은 건물이 있는 곳부터 채워 가며 그려요. 예를 들어 이야기 속 유령마을에는 묘지나 유령 집들을 먼저 그리면 좋아요. 선생님 말씀을 귀담아듣지 않고 버스를 먼저 그린 친구가 있었는데, 나중에

그린 집들보다 버스가 너무 커서 여러 번 다시 그렸어요.

6. 색을 칠해요. 산이나 논밭은 녹색으로, 강은 파란색으로, 내가 정한 기호에 미리 정해 둔 색을 칠해요.

참고 자료
천재학습백과 초등 사회 4-1, 기호를 정하여 그림지도 그리기

귀곡초 3학년 2반

3
똥 귀신

"선생님, 민지가 우리 팀 줄넘기 당번인데 교실에 두고 왔대요. 교실에서 급하게 나오다 깜박했대요."

우주왈라가 멋쩍은 듯 머리를 긁적이는 민지를 힐끗 보더니 말해.

"팀 줄넘기 게임에 우리 민지가 빠지면 안 되지. 우주왈라와 같이 교실 가서 줄넘기 가져오렴."

민지는 자기 대신 선생님께 말해 준 우주왈라가 고마운지 우주왈라의 손을 꼭 쥐고 교실로 가. 둘이 교실 문을 드르륵 열고 안으로 들어가는데 이상하게 교실에서 똥 냄새가 나는 거야.

"민지야. 나 토할 것 같아. 누가 우리 교실에 똥 누고 간 것 아냐?

"설마, 근데 이런 끔찍한 똥 냄새는 처음이야."

민지는 코를 꼭 쥐고 사물함에서 줄넘기를 허겁지겁 꺼냈어.

둘이 서둘러 교실 밖을 나가려 하는데 글쎄 문이 안 열려. 우주 왈라가 앞문을, 민지는 뒷문을 아무리 힘껏 잡아당겨도 꿈쩍도 안 해. 그때 마침 투명한 창문 너머로 옆 반 선생님께서 쓱 지나 가시네,

"1반 샘! 쾅! 쾅!"

"선생님!"

둘은 창밖으로 천천히 지나가시는 1반 선생님을 향해 크게 소리쳤지만 안 보시는 거야. 정말 창문이 깨질 듯이 두들겼다니깐. 온 학교가 휘청거리도록 소리도 질러보고. 하지만 1반 선생님께 서는 마치 아무것도 안 들리는 것처럼 복도를 쓱 지나가서. 우주 왈라와 민지는 밀려오는 똥 냄새가 역겨운 듯 토하는 시늉을 하 며 땀을 흘렸지. 그때, 교실 천정 스피커에서 찌지직거리는 소리 가 들려. 그러더니 교실 바닥이 쩍 갈라지는 거야. 바닥에서 큰 통이 엘리베이터 움직이듯이 올라오는 거 있지.

"아! 아! 마이크 테스트."

"어! 신정은 선생님 목소리인데! 선생님! 교실 문이 안 열려요! 문 좀 열어주세요."

우주왈라와 민지는 천장 스피커에서 선생님의 목소리가 들리 자 목청껏 외쳤어.

"조용! 너희 둘, 내 문제를 맞히지 못한다면 영원히 이 교실에

서 똥 귀신들과 함께 살아야 할 거야. 으하하하하."

"엥, 선생님, 똥 귀신이요?"

교실 바닥에서 올라온 통에서는 아까보다 더 역겨운 똥 냄새가 모락모락 김과 함께 올라왔어. 우주왈라는 자기 키만 한 통 속을 들여다보려고 팔짝 뛰었어. 똥물에서 보글보글 거품이 올라오는데 글쎄 외눈박이 똥덩어리가 끔벅끔벅 우주왈라를 노려보는 거 있지. 우주왈라는 깜짝 놀라서 뒤로 벌러덩 넘어졌어.

"선생님, 무서워요."

우주왈라는 민지를 안으며 떨리는 목소리로 말했어. 그때 스피커에서 또 한 번 '지지직' 하는 소리가 나더니, 선생님 목소리가 들려.

"왈라야, 똥 귀신 볼 시간 없어. 내 문제는 말이야. 손을 대지 않고 저 똥통 물을 깨끗한 물로 채우는 거야. 너희가 상상한 물건이 교실 옷장 안에 있을 거야. 그 물건을 이용해서 깨끗한 물로 채울 것! 단, 절대 똥통에 손을 대면 안 된다."

"민지야, 어떡해. 말 좀 해봐."

우주왈라는 넋 나간 듯 서 있는 민지를 흔들며 말했어.

"어, 어. 옷장 안에 뭐가 있다고?"

민지는 우주왈라 말에 정신이 드는지 선생님의 옷장을 열며 말해. 옷장 안에는 아무것도 없었어. 그냥 옷걸이만 대롱대롱 매달려 있었지.

"민지야, 정신 차려! 상상을 해야 해. 상상하고 나서 옷장을 열라고 하잖아. 뭘까? 뭐로 깨끗한 물을 채울 수 있을까?"

우주왈라는 옷장 문을 닫으며 걱정 어린 얼굴로 민지를 빤히 바라봤어.

☆ **무엇으로 똥물을 깨끗한 물로 채울 수 있을까요?**
민지와 우주왈라가 상상한 물건을 선생님의 옷장 안에 그려 봅시다.

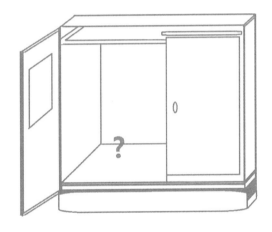

"더러운 물을 깨끗한 물로 바꿔라… 뭘까? 아! 혹시 우리 과학 시간에 배웠던 정화 시설을 응용하면 어떨까?"

한참 옷장 앞에서 머리를 긁적거리던 민지는 고개를 갸우뚱거리며 말했어. 민지 말에 우주왈라는 핑거 스냅을 하더니 웃으며,

"맞아, 더러운 물에 깨끗한 빗물이 계속 떨어지면 깨끗하게 된다 했어. 그럼 똥물에 깨끗한 물을 계속 부으면 되지 않을까? 그럼, 음. 수도꼭지 물을 계속 넣으면 될 것 같은데? 손을 대지 말랬으니, 호스가 필요하겠다."

"역시, 우리 우주왈라는 똑똑해!"

"민지 네가 처음에 정화라고 말해서 생각난 거야. 우리 서로 칭찬은 그만하고 수도꼭지와 호스를 상상해 보자."

둘은 선생님의 옷장 앞에서 수도꼭지와 호스를 중얼거렸어. 그러고 나서 옷장을 여는데 정말로 옷장 안에 수도꼭지가 호스에 연결되어 있는 거야. 둘은 깜짝 놀라 똥 냄새도 잊어버렸어. 우주왈라는 호스를 끌고 가서 의자 위에 올라 힘껏 똥통으로 호스를 던졌어.

"민지야, 수도꼭지 틀어봐."

우주왈라의 외침에 민지가 수도꼭지를 확 틀자, 호스 끝이 비틀거리며 춤을 추더니 통 밖으로 나오려고 하는 거야. 우주왈라는 호스를 통 속에 깊숙이 넣으려고 하다 그만 통을 손으로 잡고 말았어! 그러자 똥 귀신이 우주왈라의 손을 쑥 잡고 통 안으로 쑥 끌고 들어가 버렸지.

74

"아악, 민지야!"

우주왈라의 비명을 들은 민지는 호스를 꼭 쥐고 통 안으로 빨려 들어가는 우주왈라 다리를 확 끌어 잡았어. 하지만 똥 귀신이 얼마나 힘이 센지 그만 우주왈라는 실내화만 민지 손에 남기고 사라져 버렸어. 민지는 말없이 우주왈라의 실내화를 꼭 쥐고 엉엉 울었어. 순식간에 수도꼭지 물이 '콸, 콸, 콸' 통 안을 가득 채우니 똥물이 넘쳐 바닥으로 스며 내려가. 똥물이 바닥으로 사라지고 통 안에 깨끗한 물이 채워지자, 통은 엘리베이터의 '땡' 소리를 내며 교실 바닥 아래로 사라졌지. 통 안에 걸쳐있던 호스는 주르륵 선생님의 옷장으로 다시 들어가. 우주왈라가 잡았던 그 호스 말이야. 민지는 왠지 우주왈라가 다시 나타날 것만 같아서 옷장 안의 수도꼭지와 호스가 사라질 때까지 나지막한 소리로 우주왈라 이름을 속삭이며 한참을 옷장 안에 서 있었어. 쉬는 시간 종소리가 울리자 3학년 2반 친구들과 선생님이 교실 문을 열고 들어와. 친구들과 선생님은 코를 잡고 얼굴을 찌푸려.

"우! 웩! 이게 무슨 냄새야? 민지야, 너 체육 시간 땡땡이치고 여기다 똥 쌌어?"

채원이가 민지를 쏘아보며 말해.

"그게, 아니라. 우주왈라가 똥 귀신한테 잡혀갔어! 엉엉엉."

민지가 옷장 안에 털썩 주저앉더니 엉엉 우는 거야. 아이들은

서로의 얼굴을 쳐다보며

"뭐 우주왈라? 우주왈라가 누군데? 민지 너 여기서 개꿈 꿨어? 무슨 잠꼬대야? 얼른 옷장 밖으로 나와! 손에 실내화는 뭐야?"

"3학년 2반 13번 우주왈라 몰라? 다들 왜 그래? 선생님, 우주왈라와 저에게 줄넘기 가져오라고 하셨잖아요?"

"민지야, 우주왈라가 누구니? 선생님은 너 혼자 줄넘기 가져오라고 했었어."

선생님께서는 어리둥절한 표정으로 민지를 바라보며 말씀을 이어 가셨어.

"요즘 왜 이렇게 학생들이 선생님 옷장에서 장난을 치는지 모르겠네. 민지야, 빨리 옷장에서 나와. 얘들아, 창문 좀 활짝 열고! 다들 자리에 앉자."

선생님께서는 매직으로 하얀 A4 종이에 큼지막하게 '선생님 옷장에서 장난치지 않기'라고 쓰셨어. 그리고 종이를 옷장 문에 테이프로 붙이셨지. 아이들이 창문을 열자, 바람이 교실을 획 돌고 똥 냄새를 쓸어갔어. 옷장에 붙은 종이는 바람에 펄럭펄럭 춤을 추고, 민지는 우주왈라의 실내화를 꼭 안고 '왈라야, 왈라야' 한참 그렇게 말했단다. 3학년 2반 친구들과 선생님 모두 우주왈라가 누군지 모르는 거 있지.

과학: 정화

오염된 물의 정화

물의 등급

물은 깨끗한 정도에 따라 1급수부터 4급수로 등급이 나뉘어요. 물속에 사는 물고기의 종류를 보면 물의 깨끗한 정도를 알 수 있어요.

1급수 물은 사람이 먹을 수 있어요. 가재가 살아요. 2급수 물은 마실 수는 없지만, 수영은 할 수 있어요. 피라미와 은어가 살아요. 3급수 물은 흙, 모래, 자갈 등이 섞여 물이 탁해요. 미꾸라지와 붕어가 살아요. 4급수 물은 오염이 심해 썩은 냄새가 나며, 물고기가 살 수 없어요.

오염된 물의 정화 방법

　지구는 스스로 오염물질을 정화 시키는 능력이 있어요. 그 원리를 알아볼까요?

　지구에 사는 미생물은 대부분의 오염물질을 분해할 수 있어요. 미생물이 살아가려면 산소가 필요해요. 흐르는 물이 쉽게 깨끗해지는 이유는 물속에 산소가 많아 미생물이 오염물질을 쉽게 분해할 수 있기 때문이랍니다.

　하늘에서 내리는 빗물은 지구에서 순환하는 물이 되어 물속에 사는 미생물에게 산소를 끊임없이 공급해요. 미생물들은 산소를 먹고 열심히 깨끗한 강과 호수를 만들어요.

　똥 귀신에서 나오는 수도꼭지 물은 하늘에서 내리는 비와 같아요. 더러운 물에 계속 깨끗한 물을 부으면 깨끗한 물이 됩니다. 여러분이 집에서 간단히 해 볼 수 있는 실험이 있는데 직접 했다가 부모님께 혼날 수도 있어요. 투명한 유리컵에 오렌지 주스 또는 우유를 넣고 수도꼭지를 틀어 물을 담아요. 계속 기다리다 보면 어느새 컵은 깨끗한 물로 채워져 있어요.

　이 밖에도 오염된 물을 깨끗하게 만드는 방법은 여러 가지가 있어요.

　우리가 마실 물을 깨끗하게 정화 시키는 하수처리장 시설을 알아볼까요?

먼저 더러운 물속의 이물질을 서로 뭉친 다음 가라앉혀서 이물질을 제거해요. 그다음 미세한 크기의 이물질을 걸러내요. 모래와 섞인 물을 체를 이용해서 모래를 걸러내는 원리라고 생각하면 됩니다. 이때 제거되지 않은 세균은 염소 소독으로 살균해요. 이렇게 정화된 물을 각 가정으로 보내줍니다.

지구가 오염물질을 스스로 제거할 수 있는 정화 능력이 있는데 왜 우리는 물 오염을 걱정하고 있을까요? 그것은 지구가 오염물질을 스스로 정화 시키는 속도보다 인간들이 환경을 오염시키는 속도가 더 빠르기 때문이랍니다. 또한, 지구가 스스로 정화하는 능력에는 한계가 있어요. 미생물은 오염물질 중 하나인 기름을 쉽게 분해하지 못해요. 기름을 먹고 사는 미생물은 그리 많지 않기 때문이죠. 이 때문에 바다에 기름 유출 사건이 생기면 오염된 바닷물을 정화하는 데 막대한 돈과 노력이 필요해요.

더 읽어보기
물의 정화에 대해 관심이 있는 어린이들에게 선생님의 책 '이야기로 펼치는 창의적 글쓰기'에서 바다 살리기 프로젝트 편을 읽어 보길 추천해요.

4

왈라 열사 구출기

"진짜, 우주왈라 몰라? 우리랑 같이 도덕 시간에 역할극 했었잖아! 어휴 답답해. 채원이랑 너랑 같이 말이야!"

"도대체 우주왈라가 누구야, 왜 며칠째 우주왈라 이야기야, 제발 정신 좀 차려! 민지야."

"시언아, 너도 기억 안 나? 여기 봐! 우주왈라 실내화."

"왜 짝도 없는 실내화를 며칠째 들고 다녀? 선생님께서 방송실 주인 찾기에 두라 했잖아."

3학년 2반은 오늘도 아침부터 우주왈라 이야기로 왁자지껄이야.

"민지야, 내 이름이 너무 멋져서 '우주, 와!'를 '우주왈라'라고 하는 거 아냐?"

민지 뒤에 앉아 있는 우주는 손으로 니은 자를 만들어 자기 얼굴에 대더니 웃으며 말해.

"너희 둘 조용히, 떠든 사람에 이름 적는다."

수요일 반장 아란이는 칠판 앞에서 떠든 사람에 조우주, 김민지 이름을 크게 적으며 말해. 민지는 우주왈라가 사라진 며칠 동안 학교에서 온통 우주왈라 이야기만 해. 그래서 민지는 아침마다 떠든 사람에 적히는 중이야.

"시언아, 너희 집에 도덕 시간에 우리가 했던 역할극 대본 있지 않을까? 그거 왈라가 썼었잖아. 거기에 왈라 이름이 적혀 있을지도 몰라. 한 번만 집에서 찾아봐 주라. 어?"

"난 민지 말 믿어. 우리 12시 귀신팀이 겪었던 일을 생각하면 말이야."

우주 옆에 앉은 승후가 반장 아란이 눈치를 보며 우주 귀에 속삭이자, 민지가 획 돌아보며,

"야! 선생님께서 이야기와 현실을 구분하랬잖아. 그건 수학 시간에 들었던 이야기고 내 똥 귀신 이야기는 정말이라니까!"

"알았어, 그만해. 내가 찾아볼게. 우리 엄마는 내가 학교에서 한 모든 것을 보관해 주셔. 다 추억이라며. 오늘 창고에서 한 번 뒤져보지 뭐. 속는 셈 치고."

"채원이 엄마 대단하시다. 민지랑 나도 너희 집에 가서 찾아보면 안 돼?"

시언이는 두 눈을 동그랗게 뜨고 엄지손가락을 올리며 채원이

에게 말해.

"좋아, 콜."

시언이는 요즘 태권도 연습을 많이 해서 힘이 무척 세졌어. 산더미처럼 쌓인 채원이네 창고 물건을 번쩍번쩍 드는 것 있지.

"어 잠깐! 여기 봐. 이 파일, 우리가 역할극 할 때 썼던 파일이야."

민지는 떨리는 손으로 조심히 파일을 열며 말해. 채원이와 시언이는 냉큼 민지 옆으로 가 섰지.

'3학년 2반 우주왈라, 강시언, 이채원, 김민지' 파일 속 첫 장에 커다랗게 쓰여있는 우주왈라 이름을 보더니 민지는 자기도 모르게 눈물이 뚝, 뚝, 뚝 떨어졌어.

"봐, 여기 우주왈라 있잖아."

채원이와 시언이는 순간 얼음이 되었어. 너무 깜짝 놀라서 아무 말도 안 나오고 말이야, 얼굴이 하얗게 되었다니깐.

"우리 지금 선생님께 가서 이것 보여 드리자. 4시 30분 퇴근이시니 아직 학교에 계실 거야."

셋은 '쿵, 쿵' 떨리는 마음으로 교실 앞에 섰어. 창문 너머로 신정은 선생님 목소리가 들려. 시언이는 이제 막 노크를 하려고 주먹을 쥐는 민지 손을 잡고 '쉿' 하더니, 친구들에게 몸을 웅크리래.

"아, 아. 마이크 테스트 하나, 둘, 셋. 이 문제를 풀지 못하면 넌 영원히 그곳에 살게 될 거야. 으하하하."

창문 너머로 몰래 선생님을 지켜보는데, 선생님께서는 커다란 노란색 자석이 붙은 칠판에 얼굴을 대고 괴상한 표정으로 혼잣말을 하고 계셨어.

'따르릉'

"아, 네 인사위원 맞아요. 지금 운영위원실 회의 참석이요? 제가 수업 준비하느라 깜박했어요. 지금 가겠습니다."

선생님께서 교실 전화를 받으시고 허둥지둥 뒷문으로 나가셔. 아이들은 재빨리 교실로 들어갔지. 하마터면 선생님께 들킬 뻔했다니간. 아이들은 칠판에 붙은 노란색 자석 앞에 서서 신기한 듯 커다란 자석을 만져 보는데 글쎄 자석이 말랑거리는 거 있지. 손가락을 쭉 넣어 보는데 팔까지 들어가.

"자석에 얼굴 한번 넣어서 봐 볼까? 정말 신기하다."

"하지 마!"

채원이가 말리기도 전에 민지는 자석 안에 얼굴을 쑥 집어넣었어. 그러자 몸통이 철 가루처럼 자석에 철썩 붙어서 빨려 들어가는 거 있지. 채원이는 자석에 빨려 들어가는 민지를 잡았는데 글쎄 채원이도 같이 빨려 들어가는 거야. 시언이는 채원이의 다리를 잡다가, 셋은 다 같이 자석 안으로 들어가 버렸어.

'으악!'

눈을 떠 보니, 셋은 한 마을이 내려다보이는 언덕에 서 있어. 저기 멀리 초가집도 보이고 사람들은 허름한 한복을 입고는 논에서 일을 하고 있어.

"여기가 어디야? 꿈인가?"

"영화 세트장 아냐? 사람들 옷도 그렇고….."

"아냐, 아까 우리 교실에서 자석 안으로 빨려 들어온 곳이잖아."

셋은 걱정 어린 표정으로 이야기를 나눠. 그때, 상투를 하고 지게를 멘 아저씨가 아이들 앞으로 다가오더니 얼굴을 찌푸리며,

"오메, 느그 다 머리카락을 잘라 불고, 쯧쯧 단발령, 아무리 반대혀 봤자 헛일이제."

지게를 내려 두시고는 지게 안에서 보자기를 꺼내시는데 그

안에 검정색 복주머니가 보여.

"야, 누가 느그 오믄 주라 혔어. 바쁜께 빨랑 받어."

"아저씨, 이게 뭐예요? 단발령은 또 뭐죠?"

"단발령을 몰라 부러? 허허, 심바람 했응께."

아저씨는 아이들에게 복주머니를 건네고는 서둘러 가서 버려.

"단발령이 뭐야. 이 주머니는 또 뭐지?"

"우리 신정은 선생님의 역사 이야기에서 배웠잖아. 단발령. 1895년 을미개혁으로 사람들 보고 상투 머리 자르라고 했던 거."

"그럼, 지금이 1895년 그 즈음이라고?"

"설마."

"우리, 아저씨께서 주신 주머니나 열어 보자."

셋은 떨리는 손으로 주머니를 열었어. 그 안에 쪽지와 초콜릿이 들어있는 거야. 민지는 떨리는 손으로 쪽지를 펼쳐 읽었어.

"현재로 돌아오는 방법: 우주왈라를 찾아 이 초콜릿을 같이 나눠 먹도록!"

"지금 우리 꿈꾸는 것 아니야?"

시언이가 자기 볼을 꼬집으며 믿기지 않는 듯 말해.

"내가 겪은 똥 귀신 사건을 보면 이건 현실이야. 우주왈라 찾아서 초콜릿 같이 먹으면 거짓말처럼 우린 교실에 앉아 있을지도 몰라."

민지는 자기가 한 말에 자신이 없는지, 모기 소리마냥 중얼중얼 얼버무려.

1919년, 셋은 아직도 과거에 있어. 우주왈라를 못 찾았나 보지. 아이들이 있는 곳은 현재 북한인 평안남도 평양, 그곳에서 점을 봐주며 지내고 있어. 미래를 훤히 알고 있으니 전국에 유명한 점쟁이라고 소문이 난 거야.

"우리 둘째 딸 권기옥이 만세 시위하다가 잡혀 슴네다. 살아 있슴네까?"

'장문명'이라 불리는 아줌마가 무릎을 꿇고 공손히 앉아 민지에게 높임말로 묻네.

"권기옥이 태어난 해와 생일을 말해 보시오."

민지는 한지로 만든 큰 학종이를 단 모자를 눌러 쓰고는 낮은 목소리로 말하는데 정말 도사님 같아.

"1901년 신축년 정월, 11일에 났슴네다."

"1901년 1월 11일이라, 수리수리 마수리, 은단 공단에 취직하여 집안 살림을 도운 우리 착한 권기옥이, 수리수리 마수리, 권기옥은 1988년 따뜻한 남쪽에서 88세까지 무병장수할 팔자요. 걱정 마시오."

"은단 공단에서 일한지 어떻게 알았슴네까? 역시 도시님! 고맙

습네다."

아줌마는 넙죽 절을 하더니 방을 나갔어.

"한국사 1급 땄다고 하더니 권기옥도 알아? 정말 대단해. 민지
너 아니었으면 우린 이곳에서 벌써 굶어 죽었을지도 몰라."

채원이는 아주머니가 가져온 돈을 세어 보더니 민지에게 손가
락 하트를 보여 주며 말해. 옆에 있던 시언이도 엄지손가락을 치
켜세워 민지를 보며 미소를 지었지.

"채원이 너도 한국사 3급 자격증 있다고 하지 않았어? 나만 없
네. 신정은 선생님께서 한국사 자격증은 필수라고 말씀하셨는
데, 역시 선생님 말씀이 맞았어. 그나저나 우리 지금 여기서 지
낸 지 벌써 몇 년째야? 우리 나이 먹지 않는 게 신기하지 않아?"

"응, 정말 신기하지. 난 우리 엄마, 친구들 얼굴도 생각나지 않
아. 한국사 3급 자격증? 있으면 뭐 해. 아무것도 기억 안 나. 민
지처럼 연도까지 정확하게 외운 친구는 처음 봐."

"다들 칭찬은 고마운데, TV에서 북한 출신 여성 독립운동가
편에서 본 내용을 기억한 것뿐이야. 몇 년 동안 북한을 다 돌아
봤어도 우주왈라는 못 찾았고 구경도 다 했으니 이제 유관순 언
니가 있는 충청도에 가 보자. 저번에 아우내 장터에서 3·1운동
에 참여하지 못한 것이 너무 아쉬워. 사람들이 많은 곳에 갔으면
우주왈라를 찾았을 수도 있었을 텐데."

"야, 뭐, 독립운동하러 가게? 일본 순사들이 엄청 많을 것 같은데. 만나면 어쩌려고?"

시언이는 민지가 3·1운동 이야기를 꺼내자 화들짝 놀라 손을 저으며 말해. 시언이가 얼마 전 사람들한테 우리나라가 나중에 일본으로부터 독립한다는 말을 꺼냈다가 일본 순사한테 잡혀갈 뻔했거든.

아우내 장터야. 지금의 충청남도 천안시 아우내 장터. 아우내 장터는 유관순이 우리나라 독립을 위해 '대한 독립 만세!'를 외쳤던 곳이야. 채원이와 민지는 아우내 장터에서 유명한 순대를 맛보자며 겨우 시언이를 꼬드겨 데리고 왔지. 우주왈라가 순대를 엄청 좋아하니 순대로 유명한 이곳에 왔을지도 모르겠어. 셋은 아우내 장터에 도착하자마자 이곳에서 가장 유명한 순댓집을 물어서 들어갔어.

"호박, 부추, 두부, 콩나물이 들어간 순대는 처음이야. 아주머니, 정말 맛있어요. 혹시 우주왈라라고 불리는 인도 어린이 본 적 있으세요?"

"우주왈라? 왈라 열사를 말한거? 독립운동 허던 사람들이랑 서대문 형무소로 끌려갔다여. 뭣허러 묻는거?"

"네!"

아이들은 순댓집 아주머니 말씀에 깜짝 놀라 씹던 순대를 꿀떡 삼키고 물을 들이켰어.

"왈라 열사요? 우주왈라가 독립운동을!"

셋은 우주왈라가 독립운동을 했다는 사실과 드디어 왈라를 찾았다는 생각에 아주 야단났다니깐. 그 자리에서 순대도 먹는 둥 마는 둥, 허둥지둥 바로 서대문 형무소로 향했어. 아이들은 지금까지 점을 쳐주고 받았던 돈을 서대문 형무소를 지키는 교도관 아저씨에게 모두 건네주고 겨우 우주왈라를 만날 수 있었지. 아이들은 서로를 얼싸안고 한참을 울었어. 감옥 안에 있던 우주왈라는 예전 모습 그대로야.

"왈라야, 너 그동안 어떻게 지냈어? 우리가 너를 얼마나 찾아다닌 줄 알아? 우리 이제 이 초콜릿 먹고 돌아가자."

아이들은 배낭에 꼭 싸맨 검정 주머니를 꺼냈어. 우주왈라는 주머니를 보고 깜짝 놀랐지.

"너희, 혹시 그거 지게 진 아저씨가 주신 것 아냐?"

"네가 그것을 어떻게 알아?"

셋은 놀란 듯 눈을 동그랗게 뜨고 우주왈라를 바라봤어. 우주왈라는 친구들을 바라보며 차분하게 말을 이어 갔지.

"말도 마. 나 말이야. 백제 시대부터 이곳에서 살았어. 내가 똥귀신한테 끌려 온 곳이 백제였다고. 내가 도착하자마자 어떤 지게를 진 아저씨가 너희와 똑같이 생긴 주머니를 주신 것이 아니 겠어! 그 주머니 안에는 쪽지가 있었어. 그 쪽지에 적힌 대로 하면 현재로 되돌아갈 수 있다고 했지. 하지만 뭐, 믿지는 마. 난 쪽지에 적힌 대로 했는데 되돌아가기는커녕 이곳에 그대로야. 그렇지만 괜찮아. 나이도 먹지 않고 몇백 년을 살아서 지겨운 적도 있었지만 즐거운 일이 훨씬 많았어. 너희도 괜찮을 거야. 친구들과 선생님, 가족들이 보고 싶기는 해도….ʺ

긴 한숨을 지으며 진지한 표정으로 말하는 우주왈라를 보고 아이들은 어안이 벙벙한 듯 한동안 말을 못 했지.

ʺ자, 여기 쪽지야. 읽어봐.ʺ

시언이는 우주왈라가 건넨 쪽지를 떨리는 손으로 받아서 읽었어.

ʻ현재로 돌아오는 방법: 유관순을 만나 인터뷰를 하고 답변을 적도록! 단 3번 문제는 유관순이 미리 제시된 답변을 할 수 있도록 질문을 생각해서 적을 것!ʼ

☆ **우주왈라가 받은 쪽지야. 답을 상상해서 적어 보자.**

1번 문제 안녕하세요. 2025년 미래에서 온 우주왈라입니다. 3·1운동에 대해 미래 우리나라 어린이들에게 들려주고 싶으신 이야기가 있으실까요?

유관순 열사의 답변

2번 문제 혹시 미래에서 온 저에게 궁금하신 점이 있으실까요?

유관순 열사의 답변

유관순 열사의 답변: 그 질문을 들으니 밥을 먹지 않아도 배가 부르고, 모진 고문 때문에 아팠던 곳의 통증도 사라집니다. 정말 행복합니다.

"쪽지에 적힌 대로 했다면 유관순 언니를 만나 인터뷰도 했다는 거야?"

"인터뷰한 내용을 이 종이에 적지 않아서 현재로 돌아가지 못한 것 아냐?"

"맞아. 인터뷰한 내용을 적었어야지. 연필이 없었어?"

"그나저나 정말 너 여기서 백제 시대부터 살았다고?"

아이들은 우주왈라에게 한꺼번에 다 같이 질문을 했어. 우주왈라는 정신이 없는지 말없이 고개만 끄덕였지.

"얘들아, 교도관이 언제 올지 몰라. 이럴 때가 아니야. 교도관 오기 전에 우리, 지금 다 같이 주머니 속 초콜릿이나 먹자. 현재로 돌아갈 수 있든 말든 말이야. 그동안 녹지도 썩지도 않는 이

신기한 초콜릿이 얼마나 먹고 싶었는지 몰라."

시언이는 뒤를 홱 돌아보더니, 주머니에서 초콜릿을 꺼내 한 입에 꿀꺽 삼켰어. 그런데 갑자기 초콜릿이 녹는 것처럼 사르르 눈앞에서 시언이가 사라지는 거야. 아이들은 사라지는 시언이가 현재로 돌아가지 않았을까 생각하면서 다 같이 초콜릿을 냉큼 입 안에 넣었어.

역사: 단발령과 일제강점기

단발령

　단발령은 고종 32년인 1895년 12월 30일(음력 11월 15일)에 공포된 성인 남자의 상투를 자르고 서양식 머리를 하라는 내용의 고종 임금의 명령을 말해요. 하지만 당시 성리학자는 '사람의 신체와 터럭과 살갗은 부모에게서 받은 것이니, 이것을 감히 손상시키지 않는 것이 효의 시작이다(신체발모 수지부모)'라고 생각했기 때문에 격렬히 반발했어요. 이러한 반발로 단발령은 1897년 일단 철회되었으나, 1900년 이후 다시 전국적으로 단행되었어요. 당시 고종은 위생적이고 일하기 편하다는 이유로 단발령을 내렸지만 백성들은 받아들이지 않았어요. 사람들은 단발령이 내린다는 소식을 접하고는 산골로 숨거나, 서둘러 귀향하였으며, 미처 피하지 못해 강제로 상투를 잘린 사람들은 상투를 주머니에 넣고 통곡했다고 해요.

일제강점기

일본 제국주의(일제)에게 나라를 빼앗긴 1910년부터 해방된 1945년까지 우리 민족이 수난을 겪었던 시기를 일제강점기라고 해요. 일본은 조선 총독부를 설치한 뒤 우리 민족을 탄압했어요.

3·1 운동

3·1 운동은 일제강점기의 일본 제국의 지배에 대항하여 한국의 독립 선언을 목적으로 1919년 3월 1일에 일어난 비폭력 만세 운동이에요. 고종이 독살되었다는 소문이 퍼진 것을 계기로 고종의 장례가 있던 1919년 3월 1일에 맞추어 조선 전역에서 일어났어요.

약 3개월 동안 전국적으로 시위가 일어났으며, 조선총독부는 강하게 진압했어요. 조선총독부의 공식 기록에는 집회 참여자 수가 106만여 명이고, 그중 사망자가 900여 명, 구속된 자가 4만

7천여 명이었다고 해요.

  3·1운동을 계기로 대한민국 임시 정부가 수립되었어요. 일제는 우리나라를 지배하는 방식도 바꿨어요. 단체 및 언론 활동을 허락하고 초등 교육도 확대했어요. 3·1운동으로 독립의 의지를 전 세계에 알린 것도 중요한 점이라고 볼 수 있어요.

유관순(1902년~1920년)

  일제 강점기의 독립운동가 유관순은 1902년 12월 16일 충청남도 천안 병천면에서 3남 1녀 중 둘째로 태어났어요. 1916년 선교사 사 부인(미국 이름 엘리스 샤프)의 권유로 이화학당 보통과에 입학했어요. 이화학당에 다니던 유관순은 1919년 3·1 운동이 일어나자 만세 시위에 참여했어요. 그 뒤로 조선 총독부에서 임시휴교령을 내려 이화학당이 폐교하자 고향인 천안으로 돌아왔어요. 1919년 4월 1일, 천안 아우내에서 아우내 장터 만세 운동을 지휘했어요. 아우내 장터 만세 운동에서 부모님은 목숨을 잃었고, 유관순은 헌병대에 체포되었죠. 체포된 유관순은 서대문 형무소에서 이뤄진 모진 고문으로 1920년 9월 28일에 순국했어요.

귀곡초 3학년 2반

권기옥(1901년 1월 11일~1988년 4월 19일)

한국 최초의 여성 비행사이자 독립운동가로, 일제 강점기와 해방 이후까지 중요한 역할을 한 인물이에요. 권기옥은 평안남도 평양 권돈각과 장문명의 1남 4녀 중 둘째 딸로 태어났어요. 11살 되던 해(1912년)에 은단 공장에 취직하여 집안 살림을 돕다가 이듬해 12살의 나이로 숭현소학교에 입학했어요. 소학교란 지금의 초등학교를 의미해요.

평양 출신으로 평양 숭의 여학교 졸업반이던 1919년, 3·1운동에 참가하였다가 체포되어 구속되었어요. 그 후 대한민국 임시정부 공채 판매 및 군자금 모집 등의 활동을 하다 체포되어 6개월간 감옥에서 복역했어요. 출옥 후 독립운동을 전개하다 일본 경찰에 발각되어 1920년 9월 상하이로 탈출했어요.

중국에 있는 대한민국 임시정부에서도 민족의 독립을 위해 꾸준히 활동했으며, 1925년 2월 28일 운남항공학교를 졸업하여 여성으로서는 한국 최초의 비행사가 되었어요.

광복 후 1949년 귀국하였으며, 국회 국방위원회 전문위원이 된 권기옥은 올바른 역사기록에 대한 신념으로《한국연감》을 발행했어요. 이 때문에 1966년에는 대한민국 최초의 유일한 여성 출판인으로 언론에 소개되기도 했답니다. 1966년부터 1975년

한중문화협회 부회장을 역임하고, 1968년 대통령 표창을 받기도 했어요. 1988년 4월 19일 88세의 나이로 사망하여 국립묘지 애국지사묘에 안장되었어요. 2003년 8월 국가보훈처 '8월의 독립운동가'로 선정되었죠.

참고 자료: 위키백과 - 단발령, 3·1운동, 유관순, 권기옥

국어: 방언

방언이란 어떤 지역이나 지방에서만 쓰는, 표준어가 아닌 말을 말해요. 방언을 사용하면 다른 지역 사람과는 의사소통이 잘 되지 않지만, 같은 지역 사람 간에는 친근함과 정겨움을 준답니다. 지역에 따라 다르게 사용되는 방언을 알아봅시다.

표준어

표준어란 한 나라의 표준으로 정한 말로, 우리나라에서는 교양 있는 사람들이 두루 쓰는 현대 서울말을 표준어로 정합니다. '교양 있는 사람들', '현대', '서울말'이라는 세 가지 원칙에 모두 맞아야 하며 하나라도 맞지 않으면 표준어가 될 수 없습니다. (표준어규정 제1장_총칙의 1항)

예시

"우리 둘째 딸 권기옥이 만세 시위하다가 잡혀갔어요. 살아 있어요?"

평안도 방언

1) '~다'와 같이 일반적으로 끝나는 문장(평서문)이면서 높임말
   : '~수다', '습네다', '~소'로 끝나요.
2) '~까'와 같이 물어보는 문장(의문문)이면서 높임말
   : '~습네까', '~소와요'로 끝나요.

예시

"우리 둘째 딸 권기옥이 만세 시위하다가 잡혀 습네다. 살아 있습네까?"

함경도 방언

1) 평서문 높임말
   : '~ㅁ니다', '~ㅁ다', '~ㅁ니(습니)', '~ㅁ(슴)', '~우다/-수다'로 끝나요.

예시

"이자꺼지 농샐 햇수다(이제까지 농사를 했습니다)."

2) 의문문 높임말
: '~ㅁ니까', 'ㅁ까(슴까)'로 끝나요.

예시

이거 무스검니까(이것이 무엇입니까)?

이야기 속 예시

"우리 둘째 딸 권기옥이 만세 시위하다가 잡혀 갔수다. 살아 있슴까?"

충청도 방언: 종종 끝을 흐리면서 부드럽게 말하는 경향이 있어요.
1) 평서문 높임말
: '~유'로 끝나요.
2) 의문문 높임말
: '~유', 규'로 끝나요. 평서문과 같은 '~유'는 의문문에서 쓰일 때는 끝을 올리며 말해요.

3) 평서문 예사말(반말)

: 주로 '~여', '~겨', '~려', '~랴' 로 끝나요.

4) 의문문 예사말(반말)

: 표준어에서 '할래?'처럼 의문형 '~래'가 나올 경우 주로 '~ 려?'나 '~랴?' 로 끝나요. '어?'를 '~남'으로 묻기도 해요.

예시

그게 참말이어유(그것은 참말입니다)

이야기 속 예시 1

"우리 둘째 딸 권기옥이 만세 시위하다가 잡혀갔슈. 살아 있나 유?"

이야기 속 예시 2

이야기 속 순댓집 아주머니께서는 충청도 방언으로 아이들에 게 예사말, 즉 반말을 하고 있어요.

"우주왈라? 왈라열사를 말한겨? 독립운동 혀던 사람들이랑 서 대문 형무소로 끌려갔다여, 뭣허러 묻는겨?"("우주왈라? 왈리열사를 말하는 거야? 독립운동 하던 사람들과 서대문 형무소에 끌려갔다던데, 왜 물어?)

전라도 방언: 발음이 부드럽고 끝을 끌어가는 느낌이 들어요.

1) 평서문 높임말
  : '~지라우, ~서라오/서라우, ~게라오/게라우'로 끝나요. 이
    것들은 억양에 의해 의문문 높임말로 쓰이기도 해요.

예시

나는 내일 가겠서라우(나는 내일 가겠습니다).

2) 의문문 높임말
  : '~(으)ㅂ니껴, ~(으)ㅂ디여, -(으)ㅂ디껴' 등으로 끝나요.

예시

합디여(합디까)?
진지 잡수셨는게라우(진지 잡수셨습니까)?

3) 평서문 예사말(반말)
  : '~지야', '제' 등으로 끝나요.

예시

집이 갓다 오지야(집에 갔다 오지).

4) 의문문 예사말(반말)

: '~지야', '제' 등으로 끝나요.

예시

집이 갓다 오지야(집에 갔다 오지)?

이야기 속 예시 1

"우리 둘째 딸 권기옥이 만세 시위하다가 잡혀갔서라우. 살아 있어라우?

이야기 속 예시 2

"오메, 느그 다 머리카락을 잘라 불고, 쯧쯧 단발령, 아무리 반 대혀봤자 헛일이제."(아이구, 너희 다 머리카락을 잘라 버리고, 쯧쯧 단발 령, 아무리 반대해봤자 소용이 없네.)

"야, 누가 느그 오믄 주라혔어. 바쁜께 빨랑 받어."(야, 누가 너희 들 오면 주라고 했어. 바쁘니까 빨리 받아.)

"단발령을 몰라 부러? 허허, 심바람 했웅께……"

→ 표준어: "단발령을 몰라? 허허, 심부름 했으니……"

참고 자료: 위키백과- 서북 방언, 동북 방언, 충청 방언, 서남 방언

5
금수저

"이야기! 이야기! 선생님, 이야기해 주세요. 완전 무서운 이야기요!"

오늘도 귀곡초 3학년 2반 친구들은 신정은 선생님께 무서운 이야기를 해 달라고 조르는 중이야.

"여름 되니까 무서운 이야기가 듣고 싶은가 보네. 좋아요. 선생님이 낸 문제를 모두 아는 친구가 단 한 명만 있어도 이야기해 주겠습니다."

"무슨 문제인데요?"

"응, 오늘은 역사 속 위인들에 관한 문제입니다."

선생님 말씀에 반 친구들은 모두 쌩긋 웃으며, 우주왈라를 쳐다봤어. 요즘 왈라가 마치 과거에서 살다 온 사람처럼 우리나라 역사를 다 알고 있어서 말이야. 어쩌나 아는 것이 많은 지 3학년 2반 한국 역사 박사님으로 불릴 정도야.

☆ 여기 선생님께서 내신 문제야. 문제 한번 풀어보자.
정답은 127쪽을 보세요.

1번 문제

조선의 4대 왕으로 백성을 사랑하신 위대하신 분입니다. 한자를 어려워하는 백성을 위해 나라의 글자인 한글을 창제하신 왕입니다. 누구일까요?

2번 문제

처음에는 북방의 오랑캐를 방어하던 장군이었으나 류성룡의 추천으로 수군이 되어 임진왜란 당시 일본을 격파했던 장군입니다.

3번 문제

가톨릭 신자이자 백범 김구와 친한 사이로 을사조약 때 의병장으로 활동하였으며 이토 히로부미를 하얼빈역에서 사살하신 위인입니다. 누구일까요?

4번 문제

백제를 대표하는 왕입니다. 왕권 강화와 선대 무령왕의 업적에 힘입어 신라 진흥왕과 힘을 합쳐 고구려로부터 한강 유역을 빼앗은 왕입니다. 또, 신라의 배신으로 관산성 전투에서 전사한 비운의 왕이기도 합니다. 누구일까요?

3학년 2반 아이들은 1번부터 3번까지 척척 맞히는데 4번 답은 다들 모르겠나 봐. 간절한 눈빛으로 우주왈라를 바라보는데 우주왈라는 자신 있게 '성왕'이라고 외쳤어.

"정답! 우와, 우주왈라는 역시 역사 박사님이야!"

신정은 선생님께서는 환하게 웃으시며 우주왈라에게 엄지를 치켜세워 보이셨어.

"고마워. 왈라야!"

"백제 시대까지 안다고!"

"대단해."

우주왈라가 이번에도 역사 문제를 다 맞춰서 선생님의 이야기를 들을 수 있게 되었어. 아이들은 저마다 우주왈라를 바라보며 칭찬 한마디씩 건네. 어떤 아이는 무서운 이야기를 들을 생각에 웃으며 박수를 쳤지.

"선생님, 오늘은 제가 주인공 되고 싶어요."

"저도요!"

"우주, 넌 주인공 했잖아! 12시 귀신 이야기에서. 선생님 저 주인공 시켜 주세요. 이야기 주인공한 적 한 번도 없어요."

아이들은 서로 오늘의 이야기 주인공 시켜 주래. 신정은 선생님께서는 아이들을 쭉 둘러보시더니, 칠판에 개똥 할아범을 크게 쓰시고 나시더니 물으셔.

"음, 오늘의 주인공은 우리 착한 하율이가 개똥 할아범이고. 유진아, 우리 유진이는 모범생이고 아주 착해. 하지만 이번 이야기에서 욕심쟁이 할아버지 역할인데 괜찮아?"

선생님께서는 유진이가 고개를 끄덕이자 칠판에 '임 영감'이라고 쓰시더니, 이야기를 시작하셔.

옛날, 옛날 아주 먼 옛날, 한 마을에 욕심쟁이 임 영감이 살았는데 어느 날 갑자기 세상을 떠났어. 엄청 부자인데 고약한 구두쇠 영감이야. 임 영감네 사람들은 임 영감이 돌아가신 날 덩실덩실 춤을 추는 거야. 모두, 마님이건 집에서 일하는 노비들까지 모두 기뻐서 야단이야. 임 영감이 없으니 밥을 배불리 먹을 수 있겠다 싶은 게지. 다들 어찌나 못 먹었던지 뼈만 앙상해. 오늘 임 영감 집은 곡소리 가득한 상갓집이 아니라 웃음소리 가득한 잔칫집이야. 임 영감 네 집에는 이웃 마을 사람들까지 와서 마당 거적때기에 잘 차려진 음식을 먹느라 발 디딜 틈이 없었어.

3일 동안 그렇게 먹고, 웃고, 마시고 하는 데 갑자기 한 머슴이

마님에게 헐레벌떡 달려와 말해.

"마, 마님, 임 영감님이 관, 관에서 벌떡 일어났어라!"

사람들은 머슴의 말에 모두 깜짝 놀라, 임 영감 관이 있는 곳을 바라보니 정말이야.

"오메, 오메, 귀, 귀신이여?"

"뭔 일이다냐!"

"우리 묵은 게 아까버서 저승길에서 다시 왔는갑네!"

마을 사람들은 하얀 얼굴로 비틀거리며 걸어 나오는 임 영감을 보더니 깜짝 놀라 허둥지둥 도망가. 마님은 그 자리에서 머리를 잡고 쓰러지서. 임 영감은 벌벌 떨며 마당에 엎드려 있는 한 머슴에게 다가가 큰소리로 호통을 치서.

"박 영감 어디 있당가? 박 영감, 박 영감. 언능 데려와!"

다음날, 이웃 마을에 사는 박 영감이 벌벌 떨며 임 영감 앞에 앉았어. 마님과 몇몇 노비들도 안방에서 임 영감 옆으로 둘러앉았지. 임 영감은 개똥 할아범 노비 가족들도 그 자리에 불렀어. 모두 이 상황이 꿈인지 생시인지 믿기지 않는 표정으로 임 영감을 바라봤지.

"자네, 얼매 전에 우리 집서 초상 친 개똥 할아범 알제? 여가 그 식솔들이여. 자네 개똥 할아범한테 빌려 간 금수저 언능 여그 개똥 어메한테 돌려주라네."

"어찌 알았당가? 개똥 할아범과 나만 아는 비밀인디……."

"내가 말이여, 개똥 할아범한테 직접 들었어. 내가 죽고 나서 겪은 일을 알믄 기절초풍 할거여."

임 영감은 긴 한숨을 쉬시더니 자신이 죽고 나서 겪은 이야기를 시작해.

임 영감은 눈을 감고 사람들이 자신이 잘 죽었다고 좋아하며 말하는 것이 다 들렸다고 해. 너무 화가 나서 손으로 사람들을 때리며 소리를 쳤는데 사람들은 임 영감이 안 보이는 것 같았대. 그런데 갑자기 앞에 밝은 빛이 보이더니, 검은 갓을 쓴 저승사자가 나타나 임 영감을 안개 낀 으스스한 강으로 데려갔대. 나룻배를 타고 한참을 가서 도착한 곳에는 임 영감 이름과 임 영감이 태어난 곳, 살았던 장소가 적힌 어떤 방이 있었다고 해. 저승사자들은 임 영감한테 그 방에 들어가라고 했대. 죽었어도 배가 고픈데 방 안에 있는 것이라고는 지푸라기뿐이더래. 그때 옆 방에 있던 임 영감네 머슴, 개똥 할아범이 임 영감 방으로 먹을 것을 들고 와서 말하는데 이곳이 무슨 심판을 받기 전에 대기하는 방이라나. 대기 방에는 살아생전에 사람들한테 자신이 나눠 준 것만 있는 거래. 개똥 할아범 방에는 먹을 것이 잔뜩 있는 것이, 주

인 몰래 사람들한테 먹을 것을 많이 나눠준 모양이야. 임 영감은
자기 것으로 몰래 인심 썼던 개똥 할아범이 괘씸했지만, 배가 고
프니 얻어먹으려면 화를 참아야지.

며칠이 지났을까? 어떤 험상궂게 생긴 이들이 임 영감을 끌고
갔더래. 그곳에는 집채 크기의 저울이 있었대. 임 영감 앞으로는
높은 단상 위에 커다란 모자를 쓰고, 긴 지팡이를 손에 쥔 하얀
수염의 재판관들이 줄줄이 앉아 있었다고 해. 재판관 중 가운데
앉아 있는 가장 큰 모자를 쓴 노인이 지팡이를 바닥에 한 번 치
자, 험상궂은 이들이 임 영감을 저울 위로 올렸대. 임 영감이 저
울에 올라가자마자 저울 바늘이 계속 돌더니 '펑' 소리를 내며 고
장 나 버렸다나. 재판관들 중 맨 오른쪽에 앉아 있던 노인이 얼
굴을 찡그리며, 고함을 치더래.

"천 년에 한 번 있을 법한 나쁜 인간이로구나. 당장 지옥행!"

하며 지팡이를 바닥에 두 번 치자 임 영감 앞에 문이 생기며 열
리더니 사람들이 살려 달라는 고함 소리가 들렸대. 임 영감은 허
리를 쫙 펴서 문 안을 들여다봤는데 그만 깜짝 놀라 뒤로 벌러덩
넘어졌다는 거야. 방 안에는 한 남자의 혀를 쪽 빼서 혀끝에 말
뚝을 박아 두고는 험상궂게 생긴 이들이 혀 위에 올라가 때리고,
밟고, 자르고. 소달구지를 혀 위에서 이리저리 끌고 가는데 보기
만 해도 정말 끔찍하더래. 인간 세상에서 거짓말과 나쁜 말로 사

람들을 괴롭혀서 받는 벌이래. 그 뒤로는 한 여자가 커다란 장대로 손바닥을 철썩철썩 피가 나도록 맞고 있는데, 이 여자는 남의 물건을 자주 훔쳤다고 해.

"어떤 형벌이 좋을까?"

"보나 마나 종합 세트 형벌로 각각 천 년씩 하면 어떻소?"

"좋은 일도 했을 터이니 자세히 봐 보고 결정하는 게 좋은 것 같소. 임 영감의 어깨를 두드려 봅시다."

단상 위에 재판관들은 서로 말을 주거니 받거니 하더니, 맨 왼쪽에 앉아 있던 짧은 수염에 다른 어르신들보다 주름살이 덜한 노인이 지팡이를 올리자 지팡이 끝이 쭉 늘어나며 임 영감의 어깨를 세 번 툭툭 두드려. 그러자 임 영감 오른쪽 어깨 쪽으로 '벼를 베고 남은 이삭 지푸라기를 필요한 사람들에게 공짜로 줌'이라고 써진 종이 한 장이 '툭' 하고 튀어나오더래. 왼쪽 어깨 쪽으로는 태어나서 지금까지 했던 임 영감이 저지른 모든 나쁜 행동과 말이 셀 수 없이 적혀 나오는 데 재판관들이 하품하며 아무리 기다려도 끝나질 않는 거야.

"기다릴 필요가 없는 듯하오. 종합 세트 형벌로 천 년이 적절하다 싶소이다."

"나도 이제 막 그런 생각이 들었소."

욕심쟁이 임 영감은 재판관들이 나누는 말을 듣고 이마에 땀을 뻘뻘 흘리며 몸을 벌벌 떨었다고 해. 문 뒤에서 벌을 받던 사람들의 모습이 떠오른 게지.

"어, 잠깐. 임 영감을 너무 일찍 데려왔소. 죽으려면 아직 삼 년이 남았는데, 또 신참 저승사자가 실수한 듯하오."

임 영감 아래로 수북하게 쌓인 종이를 가까이 가서 읽던 재판관 한 명이 말해더래. 그러자 단상 위에 한 재판관이 임 영감을 쏘아보며 앙칼진 목소리로,

"저리 나쁜 인간을 살려 두면 안 될 것 같소. 그냥 지옥문으로 보냅시다."

"옳소이다!"

"찬성이오!"

그때, 가장 큰 모자를 쓴 가운데 앉아 있던 재판관이 헛기침을 하더니 큰 소리로 임 영감을 바라보며 말씀하서.

"다들 그만하시오. 우리가 천상의 법도도 지키지 않으면서 어찌 인간들을 심판한단 말이오. 임 영감, 임 영감은 다시 지상으로 내려가 삼 년 동안 참회와 선행으로 덕을 쌓고 오시오."

이 말을 들은 임 영감은 눈물을 흘리며 넙죽 절을 했대. 잠시 있으니 자기를 이곳에 끌고 왔던 험상궂게 생긴 이들이 임 영감을 다시 대기 방으로 데리고 가더래. 임 영감은 그곳에서 지상으로 다시 갈 준비를 하고 있었대. 이 소식을 들은 옆 방 개똥 할아

범이 찾아와 임 영감에게 부탁을 해. 개똥 할아범은 가족 몰래 보관했던 집안 가보인 금수저를 이웃 마을 박 영감에게 빌려주고는 그만 돌아가신 거야. 개똥 할아범은 임 영감 손을 꼭 잡고 간곡하게 부탁하시더래. 금수저를 찾아 자기 가족들에게 돌려주라고 말이야.

임 영감의 이야기를 한참 듣던 개똥 할아범네 가족들은 눈물을 흘렸어.

"박 영감, 그렇게 살믄 안 돼. 금수저 얼른 돌려주게나. 나도 이제부터 새 사람이 될랑께."

"자네 말이 참말 같구먼. 금수저 빌린 것은 나하고 개똥 할아범만 아는 사실잉께. 개똥 어메는 지금 당장 우리 집에 가세. 금수저 돌려 줄랑개."

박 영감은 이야기를 듣자마자 깨똥 할아범 가족들과 집을 나섰어. 개똥 할아범 가족들은 박 영감에게 금수저도 돌려받고, 욕심쟁이 임 영감이 개똥 할아범 가족들의 노비 문서를 없애줘서 평민으로 편하게 살았다고 해. 욕심쟁이 임 영감은 남들에게 베풀며 착하게 살았고 정확히 3년 뒤에 돌아가셨어.

"무서운 금수저 이야기 끝! 우리 사랑하는 3학년 2반 친구들

착하게 살아야 해요! 오른쪽 어깨에는 여러분이 하는 착한 모든 행동이, 왼쪽 어깨에는 나쁜 행동과 말이 계속 적히고 있어요."

신정은 선생님께서는 3학년 2반 아이들을 어깨를 쭉 둘러보시더니 미소를 지으며 말씀하셨어.

"네! 하지만 이번 이야기는 하나도 안 무서워요."

"맞아요!"

아이들은 이번 이야기는 별로 무섭지 않다고 다른 이야기 들려 달라고 야단이야.

"알겠어요. 이제, 그만! 과학 시간에 배운 저울에 대해 복습해 봅시다. 저울에 관한 문제를 내 볼게요. 우리 사랑하는 3학년 2반 친구들이 모든 문제를 맞히면 진짜 무서운 이야기 해 줄게요."

"네!"

아이들은 신난 듯 선생님께서 내주신 문제를 열심히 풀었어.

☆ 여기 신정은 선생님께서 내신 문제야. 답을 적어 보자.

잠깐! 저울에 대해 잘 모르는 친구들은 129쪽 저울에 대해 먼저 알아봅시다.
정답은 136쪽을 보세요.

1번 문제

욕심쟁이 임영감의 죄를 달 수 있는 저울은 무엇일까요?

※ 힌트! 바늘이 있어요.

2번 문제 신정은 선생님께서 요리하실 때 쓰는 저울입니다.

3번 문제 지우개나 연필처럼 무게 차이가 나지 않는 물건을 쉽게 비교해서 잴 수 있어요? 이 저울의 이름은 무엇일까요?

4번 마지막 문제

이번에는 사람들의 잘못을 잴 수 있는 저울을 발명해서 그려봐요. 누구나 사용하기 쉽게 사용법과 원리도 적어줘요. 지옥의 재판관들이 여러분이 발명한 저울을 쓸지도 몰라요.

내가 만든 저울

사용법과 원리:

_____

_____

 귀곡초 3학년 2반

역사: 역사 속 위인들

세종대왕

　세종대왕은 조선의 제4대 왕이에요. 재위 기간은 1418~1450년이며, 1418년 6월에 왕세자에 책봉되었다가 8월에 태종의 양위를 받아 즉위했어요. 백성을 사랑한 세종대왕은 글을 모르는 백성이 억울한 일을 당하지 않도록 훈민정음을 만들었어요. 선생님은 훈민정음 창제가 우리나라 역사에서 가장 빛나는 업적이라고 생각해요. 이 밖에도 세종대왕은 농업과 과학기술의 발전, 의약 기술과 음악 및 법제의 정리, 국토의 확장 등 수많은 사업에 힘썼어요. 세종대왕 덕분에 조선은 큰 발전을 할 수 있었어요.

참고 자료: 세종대왕 - 한국민족문화대백과사전

이순신 장군

  이순신은 조선시대 정읍현감, 진도군수, 전라좌도 수군절도사 등을 역임한 장군이예요. 1545년(명종 즉위)에 태어나 1598년(선조 31)에 사망했어요. 1591년 전라좌도 수군절도사가 되자 왜의 침략에 대비해서 군비를 확충했어요. 임진왜란이 나자 옥포·노량·당포·당항포에서 왜군(지금의 일본군)에 맞서 승리를 거듭했어요. 한산도와 부산포에서도 적들을 격파하고 1593년 삼도수군통제사가 되었어요. 하지만 왕의 명령을 거역했다는 누명을 쓰고 잡혀가 문초를 당했어요. 정유재란에서 이순신 대신 싸운 원균이 왜군에 크게 실패하자 이순신은 장군으로 복귀되어 조선 수군을 다시 일으켜 세웠어요. 1598년 11월 19일 노량에서 후퇴하기 위하여 모인 500척의 적들의 배를 발견하고, 공격해서 일본을 크게 무찔렀어요. 그러나 이때 이순신 장군은 앞에서 지휘하다가 적의 유탄에 맞고 말아요. 죽는 순간까지 '싸움이 급하니 내 죽음을 알리지 말라' 하고 조용히 눈을 감았어요.

참고 자료: 이순신 - 한국민족문화대백과사전

귀곡초 3학년 2반

안중근 의사

　일제강점기 때 이토 히로부미(일본의 정치가) 저격 사건의 영웅인 안중근은 우리나라를 위해 싸운 독립운동가 중 한 명이에요. 1879년(고종 16)에 태어나 1910년에 사망했어요. 1904년에 러일전쟁이 일어나자 상해로 갔다가 이곳에서 알고 지내던 프랑스인 신부로부터 교육 등 실력 양성을 통해 독립 사상을 키우는 것이 중요하다는 충고를 듣고는 다음 해 우리나라로 돌아왔어요. 삼흥학교를 설립하고 연해주 의병운동을 일으켰으며 각종 모임을 만들어 애국 사상을 불어넣고 군사훈련을 담당했어요. 1909년 10월 하얼빈역에서 이토 히로부미를 사살, 현장에서 체포되고 말아요. 이로 인해 1910년 3월 26일 오전 10시, 뤼순 감옥에서 사형당했어요.

참고 자료: 안중근 - 한국민족문화대백과사전

성왕

　성왕은 삼국시대 백제의 제26대 왕이에요. 재위 기간은

523~554년이며 무령왕의 아들로 즉위했어요. 중앙 관제와 지방의 통치조직을 정리하여 정치 운영에서 귀족회의체의 정치적 발언권을 약화시키고 왕권 중심의 강력한 국가 운영체계를 확립했어요. 중국 양조와 교류하여 백제 문화의 질적 수준을 크게 향상시켰답니다. 한강 유역 탈환을 위해 신라·가야와 힘을 합하여 한강 하류 6군을 회복했어요. 하지만 고구려와 밀약을 맺은 신라 진흥왕에게 뺏기고 말았어요. 성왕은 554년에 신라에 보복하기 위해 싸우던 중 관산성 전투에서 신라군의 기습을 받아 전사했어요.

참고 자료: 성왕 - 한국민족문화대백과사전

1번 문제

조선의 4대 왕으로 백성을 사랑하신 위대하신 분입니다. 한자를 어려워하는 백성을 위해 나라의 글자인 한글을 창제하신 왕입니다. 누구일까요?

세종대왕

2번 문제

처음에는 북방의 오랑캐를 방어하는 장군이었으나 류성룡의 추천으로 수군이 되어 임진왜란 당시 일본이 아주 무서워하는 장군입니다.

이순신 장군

3번 문제

가톨릭 신자로 백범 김구와 친한 사이로 을사조약으로 의병장으로 활동하였으며 이토 히로부미를 하얼빈 역에서 사살하신 위인입니다. 누구일까요?

안중근 의사

백제를 대표하는 왕입니다. 왕권 강화와 선대 무령왕의 업적에 힘입어 신라 진흥왕과 힘을 합쳐 고구려로부터 한강 유역을 빼앗은 왕입니다. 또, 신라의 배신으로 관산성 전투에서 전사한 비운의 왕이기도 합니다. 누구일까요?

성왕

과학: 저울

용수철의 성질을 이용한 저울

가정용 저울

  '금수저' 이야기에서 나오는 저울이에요.

  선생님은 시장에서 과일을 살 때, 이 저울을 많이 봤어요.

  가정용 저울은 잘 늘어나고 줄어드는 용수철의 성질을 이용해서 만든 저울이에요. 재고 싶은 물건을 올리면 저울 안에 있는 용수철이 늘어나요. 종이 같이 너무 가벼운 물건을 올리면 용수철이 늘어나기 힘들어 무게를 재기 힘들어요.

  너무 무거운 물건을 올리면 '금수저' 이야기에 나오는 저울처럼 바늘이 뱅글뱅글 돌면서 '펑' 하고 고장 날지도 몰라요.

  가정용 저울을 사용할 때 저울을 평평한 곳에 두고 바늘이 영점에 있는지 확인한 다음 물건을 재어야 해요. 바늘이 가리키는 눈금은 저울과 같은 눈 높이에서 읽어야 해요.

참고 자료: 초등학교 과학교과서 4학년 1학기 물체의 무게
(출판사-아이스크림)

스캠퍼 기법을 이용한 가정용 저울의 변신

  스캠퍼(SCAMPER) 기법이란 1971년에 밥 에벌과 알렉스 오스본이 만든 창의력을 키우는 방법이에요. 제품의 상태를 개선하기 위한 아이디어를 만들 때 이 방법을 많이 쓰기도 해요. 여러분이 '금수저' 이야기에서 저울을 디자인할 때 적용해 보면 좋은 기법일 것 같아 소개해 봅니다.

1. 대체: Substitute

스캠프에서 S는 대체를 의미해요. 즉 기존에 있는 물건을 새로운 것으로 대체한다는 것을 의미해요. 예를 들어 붓을 연필로 바꾸는 거예요.

2. 합체: Combine

다음으로 C는 뭔가를 합치는 것을 의미해요. 예를 들어 지우개 달린 연필이나 휴대폰에 플래시 기능을 탑재하는 것을 말해요.

'금수저' 이야기 속 재판관들이 다 할아버지이시니 시력이 안좋을 수도 있어요. 심판받는 어떤 사람이 나쁜 일을 조금만 해서 저울 바늘이 아주 아주 조금만 돌아간다면 뭐가 필요할까요? 선생님은 시력이 나쁜 재판관을 위해 돋보기 달린 저울을 디자인해 보고 싶어요.

3. 응용: Adapt

A는 응용, 즉 기존에 있는 것을 조정, 조절하는 것을 말해요. 예를 들어 도꼬마리 씨앗처럼 식물의 갈고리가 옷에 달라붙는 원리를 이용해서 벨크로(찍찍이)를 만든 것처럼요.

4. 수정: Modify

　M은 수정, 즉 기존 물건을 확대하거나 축소 등 변형시키는 것을 의미해요.

　어떤 물건의 크기나 색, 디자인을 바꿔 볼 수 있겠어요. 예를 들어 선생님이 쓰고 있는 USB가 고리 모양으로 되어 있어 사용하기 편해요. 가방에 매달아 놓으면 절대 잃어버리지 않죠. USB를 볼 때마다 정말 멋진 M 적용 제품이라 생각해요. '금수저' 이야기 속 저울은 정말 거대하다고 했어요. 이 거대한 저울을 옮기려면 얼마나 힘들까요? 선생님은 이야기 속 저울을 운반하기 편하게 자동차 모양으로 디자인해 보고 싶어요.

5. 다른 것으로 이용하기: Put to another use

　P는 물건을 용도로 재활용하는 것을 의미해요. 예를 들어 선생님은 페트병에 식물을 심기도 하고, 옷걸이를 멋지게 휘어서 물건 받침대로 쓰기도 해요.

6. 제거하기: Eliminate

　E는 뭔가를 빼버리는 것을 의미해요. 예를 들어 선이 없이 작동하는 물건들을 생각해 볼 수 있어요. 무선 마우스, 무선 충전기 등을 들 수 있죠. 선생님은 어릴 적에 썼던 무테안경이 정말

좋았어요. 안경을 가볍게 만들기 위해 안경테를 없애버리는 것
도 '제거하기'를 적용한 것이라고 볼 수 있어요.

7. 재구성하기 Rearrange
  마지막으로 물건을 재구성해 보는 것을 의미해요.

수평 잡기 원리를 이용한 저울

양팔 저울

  양팔 저울은 사진처럼 긴 막대 끝
에 접시가 아래로 매달려 있고 막대
의 가운데에 받침대가 있는 저울을
말해요.
  긴 막대가 수평이 되는 원리를 이
용해서 물건을 잽니다.
  한쪽 접시에는 재고 싶은 물체를 놓고, 반대쪽 접시에는 클립이
나, 추, 분동 등을 올려 수평을 잡아 물건의 무게를 잴 수 있어요.

선생님은 양팔 저울을 보면 교실에서 우리 반 학생들이 한쪽 접시에 지우개를 올리고 다른 쪽 접시에 클립을 하나 씩 세어가며 조심히 올리던 모습이 생각납니다. 어떤 학생은 커다란 자기 필통을 한쪽 접시에 올리고 클립이 부족하다면서 계속 클립을 달라고 했죠. 이처럼 너무 무거운 물건을 재려고 하면 반대편 접시에 기준이 되는 클립이나 추의 개수가 모자랄 수 있어요. 지우개처럼 가벼운 물건을 비교할 때는 양팔 저울을 사용해 보길 추천해요.

참고 자료: 초등학교 과학 교과서 4학년 1학기 물체의 무게
(출판사-아이스크림)

전기적인 원리를 이용한 저울

전자저울은 전기적인 원리를 이용하여 저울에 올려 둔 물건의 무게가 숫자로 표시되는 저울이에요. 용수철이나

수평 잡기 저울과는 다르게 빠르고 정확한 측정이 가능해요.

　선생님은 요리할 때 제시된 사진과 같은 전자식 주방 저울을 사용해요. 전원이 있어야 작동이 되기 때문에 건전지 교체 등의 불편함은 있어요. 하지만 조리법에 나오는 재료의 양을 정확하게 재어 맛있는 요리를 할 수 있어요. 우체국에서 소포 물건 재기, 금은방에서 금의 양 재기 등 정확한 계산이 필요할 때 전자 저울을 사용한답니다.

참고 자료: 위키백과-전자저울

1번 문제

욕심쟁이 임 영감의 죄를 달 수 있는 저울은 무엇일까요?

※ 힌트! 바늘이 있어요.

가정용 저울

2번 문제

신정은 선생님께서 요리하실 때 쓰는 저울입니다.

전자저울

3번 문제

지우개나 연필처럼 무게 차이가 나지 않은 물건을 쉽게 비교해서 잴 수 있어요? 이 저울의 이름은 무엇일까요?

양팔 저울

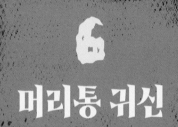

머리통 귀신

"어! 여기가 어디야? 지금 꿈을 꾸는 건가?"

"거기, 어? 수정이 목소리인데! 수정이니?"

"응, 나 김수정. 넌 혹시 천하윤? 하윤이야?"

"응, 너무 깜깜해서 안 보여. 어떻게 된거야?"

"천하윤, 김수정? 나 유진이야."

아이들은 아주 깜깜한 곳에서 손은 더듬더듬, 여기저기서 일어서다 넘어지는지 '쿵, 쿵'. 떨리는 목소리로 자기 이름을 앞다투어 말하는데, 김수정, 임유진, 천하윤, 이건호 이렇게 네 명의 친구들이 그 방에 있는 것 같아. 다들 어젯밤에 분명 침대에서 자고 있었는데 눈을 떠 보니 이곳이래. 하윤이는 자리에 드러누워 엉엉 울고 수정이와 유진이는 울지 마라며 하윤이를 토닥토닥, 건호는 꿈이라며 자기 뺨을 철썩철썩 때리고, 다들 야단법석이야. 그때, 갑자기 불이 켜져서 보니, 사방이 온통 하얀 방 안이야. 하얀 방에는 천장에 마이크가 달려 있고, 방 한구석에는 쿨 쿨 자고 있는 하율이가 보여. 방 안에는 하율이까지 모두 다섯 명의 아이들이 있었던 거야. 친구들이 이렇게 야단법석인데 세상 모르고 자다니, 옆에 있던 건호가 하율이를 불러서 깨웠어. 잠에서 서 깬 하율이는 하얀 방 안에 친구들을 보고 깜짝 놀라 눈을 연거푸 비볐어. 그리고 뭔가 생각난다는 듯 자기가 입고 있던 옷 주머니를 뒤지는 거야. 그러더니 뒷주머니에서 휴대폰을 꺼냈어. 하율이는 잠잘 때 휴대폰을 가지고 자는 버릇이 있는데 주머니에 넣어 두었나 봐. 아이들은 하율이 휴대폰을 보고 기뻤어. 서로 자기 엄마한테 전화하겠다며 빌려 달라고 했어. 하율이는 떨리는 손으로 휴대폰을 켰는데 10시 10분이래. 자기 엄마한테 먼저 연락해야 한다며 전화를 거는데 발신 제한 구역이래. 아이들은 순간 실망했어. 풀이 죽어 다들 걱정 어린 얼굴로 방을 두리번거리는데, 마이크에서 지지직거리는 소리가 나더니 신정은 선생님 목소리가 들려.

"아, 아. 마이크 테스트 하나, 둘, 셋. 이 문제를 풀지 못하면 너희는 영원히 그곳에 살게 될 거야. 으하하하."

"어! 신정은 선생님 목소리와 비슷한 것 같은데? 선생님!"

"선생님! 여기가 어디죠?"

"난 너희들 선생님이 아니야. 번호와 이름을 부르면 주어진 문제를 맞혀야 해."

"못 맞히면 어떻게 되죠?"

수정이는 긴장이 되는지 다리를 후들후들 떨며 물어.

"머리통 귀신이 잡아가."

"네! 머리통 귀신이요?"

아이들은 깜짝 놀라 서로를 보며 외치는데,

"1번 이건호."

마이크에서 건호를 부르는 소리가 들려. 그러더니, 하얀 방의 한쪽 벽이 스르르 엘리베이터처럼 내려가. 엘리베이터 열릴 때 나는 '땡' 하는 소리와 함께 사라진 벽 앞에 끝이 보이지 않는 까만 공간이 보여. 그러더니 공중에 징검다리 돌 들이 나타나는데, 돌 위에는 그림이 커다랗게 그려져 있어. 마지막 돌 앞에는 문이 있는 거야. 아이들은 신기한 듯 공중에 둥둥 떠 있는 돌들을 찬찬히 바라봤어.

"김건호, 이번 문제는 영어. 문 앞에 도착해서 문에 정답을 적으면 이 방을 나갈 수 있어."

마이크에서 말이 끝나자마자 건호는 있는 힘껏 첫 번째 돌로 뛰었어. 빨리 이곳을 나가고 싶었나 봐.

"건호야, 조심해!"

아이들은 하얀 방에서 건호를 응원했어. 공중에 떠 있던 첫 번째 돌에 건호 발이 닿자 돌은 심하게 흔들렸어. 건호가 양팔을 벌려 재빨리 중심을 잡지 않았으면 까만 방 아래로 떨어졌을지도 몰라. 건호는 마지막 돌 앞에서 문에 매달린 연필을 간신히 잡고 뒤돌아 자기가 건넜던 돌들을 유심히 살펴봤어. 자세히 보니 돌 뒷면에 긴 혀가 날름 날름거리고, 아래를 보고 있는 머리통 귀신의 쪽 찢어진 눈이 건호를 곁눈질하는 것이 아니겠어. 공중에 떠 있는 저 돌들이 선생님께서 말한 머리통 귀신의 뒤통수이었던 거야. 건호는 머리통 귀신을 밟고 왔다는 것을 알고 온몸이 오싹오싹 소름이 돋았지만 친구들이 놀라서 징검다리를 건너지 않을까 봐 말하지 않았어. 뒤통수에 그려진 그림들을 찬찬히 보다가 갑자기 지난 여름 방학 영어 캠프에서 배웠던 Pictionary 그러니까, 상대방이 그린 그림을 보고 해당 단어를 맞히는 게임이 생각났어.

 '젤리의 J, 오렌지의 o, 손은 영어로 hand, 코는 영어로 nose. 그래, 그럼 첫 글자를 따서 John이다.' 건호는 자신 있게 John을 문에 커다랗게 썼어. 그러자 문 앞에 있던 마지막 머리통 귀신이 머리를 돌려, 험상궂게 생긴 얼굴을 보이며 긴 혀로 건호를 문밖으로 밀었어. 건호가 문밖으로 나가자 '쿵'하고 문이 닫히더니 건호가 쓴 John 글자가 순식간에 사라졌어. 징검다리 돌들도 사라지더니 다시 까만 방이야.

“야, 방금 본 거 뭐야? 저, 저 돌이 머리통 귀신인 거야?”

“어 그런 것 같아. 분명히 봤어. 그 긴 혀!”

“악, 나, 나 무서워서 저기 못 건널 것 같아 어떡해!”

“건호는 어떻게 됐을까?”

“탈출이란 말이 뭐겠어. 다시 집으로 갔겠지.”

아이들이 무서워서 다들 한마디씩 하는데 천정에서 매달린 마이크에서 지지직 소리가 나더니,

“2번 조하율, 이번에는 체육 문제. 저 뜀틀을 넘으려면 몇 번에 손을 짚어야 할까? 뜀틀을 넘고 문에 뜀틀에서 손이 닿았던 곳의 번호를 적도록!”

하율이는 지난 체육 시간에 결석해서 다리 벌려 뜀틀 넘기 연습을 못 했어. 공중에 순식간에 나타난 징검다리와 커다란 뜀틀을 보자 다리는 후들거리고 눈물이 뚝뚝 떨어졌지.

"하율아, 힘내! 넌 할 수 있어!"

"아니야. 나 못 할 것 같아!"

입구에서 벌벌 떠는 하율이의 등을 토닥이는데 갑자기 카운트 다운 소리가 마이크에서 들려와.

"10, 9, 8⋯."

"얼른 뛰어! 1이 되기 전에 말이야! 너 때문에 우리 모두 여기 갇히면 어떡해!"

하윤이가 울상이 되어 하율이 등을 떠밀며 말해. 하윤이 말에 하율이는 뭔가 미안한 생각이 들었는지 주먹을 불끈 쥐고 징검 돌 위를 힘껏 달렸는데 그만 뜀틀 앞에서 멈칫하다 넘지 못하고 뜀틀 위에 털썩 주저 앉고 말았어. 그러자 뜀틀이 뒤집히면서 입을 크게 벌린 머리통 귀신이 보이는 거야. 하율이는 뜀틀에서 떨어지지 않으려고 거꾸로 매달린 채 뜀틀 양옆을 꼭 잡았어. 이때, 하율이 바지 주머니에 있던 휴대폰이 머리통 귀신 입으로 떨어졌어. 머리통 귀신이 휴대폰을 쿨걱 삼키더니 황소개구리 같은 트림 소리를 내는 거야. 입에서 어찌나 고약한 시궁창 냄새가 나던지 하율이는 손을 놓고 말았어. 머리통 귀신은 큰 입을 더 크게 쩍 벌리더니 하율이를 한입에 삼켜 버렸지. 친구들은 그 모습을 보고 놀라 넘어지는 거야. 특히 하율이 등을 떠밀었던 하윤이는 그 자리에 앉아 펑펑 울음을 터트렸어.

"3번 천하윤, 또다시 체육 문제. 저 뜀틀을 넘으려면 몇 번에 손을 짚어야 할까? 저 뜀틀을 넘고 문에 뜀틀 위에서 손이 닿았던 번호를 적도록!"

"선생님! 하율이는요? 하율이 어디에 있어요?"

하윤이의 질문에 아랑곳하지 않고 카운트 소리가 다시 들려와.

"10, 9, 8….."

하윤이는 눈물을 옷 소매로 쓱 닦더니, 이를 악물었어. 화가

난 듯 로켓처럼 빠르게 전속력으로 징검다리를 달려. 멋지게 발구르기를 하더니 뜀틀 위에서 방귀를 야무지게 한 방 뀌었어.

"하율이 데리고 간 머리통 귀신아! 내 방귀나 먹어라! 뿡!"

"윽!"

하윤이 방귀가 얼마나 독한지 옆에 있던 징검다리 돌 들도 심하게 흔들흔들거리더니 모두 고개를 돌려 쪽 째진 눈으로 하윤이를 째려봐. 하윤이는 뜀틀을 넘어 여유롭고 멋지게 착지를 하더니 자신 있게 문에 정답을 썼어. 친구들은 하윤이의 모습을 보고 손뼉을 치며 환호성을 했지. 문에 정답을 쓰자, 마지막에 있던 머리통 귀신이 얼굴을 찡그리며 긴 혀를 내밀더니 문밖으로 하윤이를 밀었어.

하윤이는 정답을 몇 번으로 적었을까? 정답을 문에 적어 보자.
정답을 적기 전에 153쪽 뜀틀에 대해 알아 봅시다. 정답도 확인해 보세요.

"4번 김수정, 이번에는 국어 문제. 문 앞에 도착해서 틀린 글자
를 찾아 고쳐 쓰도록!"

'아싸! 국어 문제라니.'

수정이는 엄마가 중학교 국어 선생님이셔. 그래서인지 글짓기
도 잘하고 국어는 항상 100점이야. 수정이는 자신감이 차 입가
에 미소를 지었어. 스피커에서 문제가 나오자마자 까만 허공에
글자가 새겨진 징검다리 돌들이 생겨나. 이것을 본 수정이는 순

귀곡초 3학년 2반

간 실망스러운 표정을 지어. 하윤이처럼 머리통 귀신 뒤통수에 방귀를 뀌고 싶었는데 뜀틀 같은 것이 나오지 않으니 아쉬운 모양이야.

수정이는 정답을 어떻게 적었을까요?
수정이가 되어 답을 돌 위에 적어 봅시다.
정답을 적기 전 156쪽 맞춤법을 공부해 봅시다. 답도 확인해 봐요.

수정이는 문에 매달린 연필을 집어 큼지막하게 정답을 적었어. 그러자 문이 열리고, '내일 올게요'라고 적힌 머리통 귀신이 머리를 돌리더니 긴 혀로 수정이를 문밖으로 밀었지. 이때, 수정이는 배에다 힘을 힘껏 주고는 머리통 귀신의 입안에 방귀를 '뿅' 하고 끼었어. 방귀를 먹은 머리통 귀신이 제자리에 빙빙 도는데 이것을 본 유진이는 너무 웃겨서 껄껄 웃었어.

"5번 임유진, 이번에는 수학 문제. 문 앞에 도착해서 문에 숫자를 적도록!"

'임유진, 넌 할 수 있어!' 혼자 남아 있는 유진이는 각오를 단단히 한 듯 입술을 깨물더니 허공에 하나, 둘 생기는 돌들을 바라봤어. 나 같으면 혼자 남아서 엄청 떨리고 긴장할 것 같은데 유진이는 안 그래. 많은 사람 앞에서 연주해야 하는 피아노 대회에서도 금상을 척척 받는 것을 보면 정말 대단한 아이야. 유진이는 문 앞에서 돌들에 새겨진 숫자를 보고 1분도 안 걸려 문에 정답을 적었어. 수정이처럼 머리통 귀신이 머리를 돌려 자기를 밀 때 방귀를 먹이려 벼르고 있었어. 그런데 머리통 귀신이 유진이 생각을 어떻게 알았는지 뒤통수로 유진이를 문밖으로 밀었어.

유진이는 정답을 뭐라고 적었을까요?
유진이가 되어 답을 물음표에 적어 봅시다.
정답을 적기 전 158쪽 규칙 찾기를 공부해 봅시다. 답도 확인해 봐요.

"야, 김수정, 임유진, 이건호. 나 어제 정말 생생한 꿈을 꿨는데 너희들이 내 꿈에 나왔다. 머리통 귀신 꿈. 하율이는 아직도 학교 안 온 거야? 하율이도 꿈에 나왔는데."

"엥? 천하윤, 너도 내 꿈에 나왔어. 머리통 귀신 꿈."

"혹시 꿈에 하율이가 뜀틀에서 머리통 귀신한테 먹혔어?"

"응, 그럼 건호 너도 우리랑 같은 꿈을 꾼 거야?"

"그런 것 같은데, 진짜 신기하다."

아침부터 수정이, 하윤이, 유진이는 건호 자리로 우르르 몰려와 머리통 귀신 이야기로 시끌벅적이야.

"건호하고 수정이, 너희들도 반장이면서 떠들면 돼? 이름 적는다."

수요일 반장 아란이가 칠판 앞에 서서 조용히 하라며 떠든 사람에 이름을 적어도 아랑곳하지 않아.

그때 하율이가 하품을 하며 교실로 들어와. 머리통 귀신팀 아이들은 하율이에게 우르르 몰려갔지.

"하율아, 너도 머리통 귀신 꿈꿨어?"

"너 어제 우리 꿈에 말이야. 머리통 귀신이 너랑 네 휴대폰을 꿀꺽 먹어 버렸어."

"무슨 헛소리야?"

하율이는 친구들 질문이 귀찮은 듯 쳐다보지 않고 자기 자리에 앉았어.

"매일 일찍 오면서 오늘은 왜 이렇게 늦은 거야? 이 멍은 또 뭐야. 다쳤어?"

아란이가 하율이에게 다가가 하율이 팔에 난 큰 멍 자국을 보고 깜짝 놀라 물었어.

"말도 마. 침대 옆에 휴대폰을 두고 잤는데 아침에 일어나니 아무리 찾아도 없어. 게다가 어제 잠꼬대로 침대에서 떨어졌는지 왜 이렇게 팔이 쑤시는지 모르겠어."

하율이가 자기 양쪽 팔을 손으로 주무르며 말했어. 머리통 귀신 팀 아이들은 하율이 말을 듣고 깜짝 놀라 눈을 크게 뜨고 서로 바라봤지. 다들 말은 하지 않는데 하율이가 왜 아픈지, 휴대폰이 어디에 있는지 알겠다는 표정이야.

"저번에 시흔이가 학교 사물함에 자기 휴대폰 두고 갔다가 찾았잖아. 내가 전화해 볼게."

아란이가 자기 휴대폰을 꺼내 하율이의 번호를 누르자, 교실에서 진동벨이 울려. 선생님의 옷장 안이야.

영어: 그림 사전(Pictionary)

Pictionary

Pictionary는 그림을 의미하는 picture에서 사전을 의미하는 dictionary를 합쳐서 부르는 말입니다. 즉 pic+tionary는 그림으로 된 사전을 의미해요.

이야기에서 주인공 건호가 풀었던 문제를 살펴볼까요?

첫 번째 그림은 젤리입니다. 영어로 Jelly라고 써요. 두 번째 그

림은 오렌지입니다. 오렌지는 영어로 orange라고 써요. 손은 영어로 hand, 코는 영어로 nose입니다. 그래서 첫 글자를 따며 정답이 John이 되는 거예요.

자신의 이름을 Pictionary로 그려 봅시다

 영어에 자신이 없는 친구는 한글로 만들어 봐도 좋아요.
 예를 들면 선생님 이름은 신정은, 제일 먼저 신발을 그리고, 그 다음 정자를 그리고, 마지막으로 은행나무를 그리면 '신정은'이 된답니다.
 그림을 그리고 친구들과 글자 알아맞히기 게임을 해봐요.

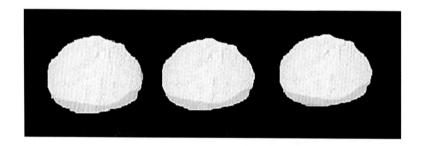

체육: 뜀틀 넘기

뜀틀 운동

　뜀틀 운동은 도움닫기를 하여 손으로 뜀틀을 짚고 뛰어넘는 운동으로 초등학교 4학년 체육 교과서에 나와요. 뜀틀 운동은 뜀틀에서 다리 벌려 뛰어넘기, 뜀틀 위에서 앞구르기 등 종류가 다양해요. '머리통 귀신'이야기에서 하율이와 하윤이 했던 운동은 다리 벌려 뜀틀 뛰어넘기 운동이에요.

'다리 벌려 뜀틀 뛰어넘기'의 동작 순서를 알아볼까요?

1) 도움닫기
　우선 뜀틀을 넘기 위해서는 도움닫기를 해야 해요. 뜀틀 저 멀리서 속도를 내어 달려요. 속도가 충분하지 못하면 뜀틀을 높게, 멀리 뛸 수 없어요.

2) 발 구르기

도움닫기에서에서 얻은 속도로 뜀틀 앞에서 두 발로 강하게 굴러요. 트램펄린(스프링이 달린 사각형의 탄력 있는 매트)에서 두 발로 세게 뛰면 아주 멀리 올라갈 수 있어요. 트램펄린 하면서 놀 때를 상상해요. 뜀틀 바로 앞에 놓인 발 구름판 위에서 강하게 발을 구르면, 뜀틀 위에서 공중으로 높게 오를 수 있어요.

3) 손 짚기

양손으로 뜀틀을 짚고 뛰어올라요. 이때 양손은 뜀틀 끝부분(앞쪽에서 2/3 지점)손을 짚어야 해요. 그래서 이야기 속에서 뜀틀 위에서 짚어야 할 곳은 3번이랍니다. 팔은 똑바로 펴서 짚도록 하며, 몸을 높이 띄우는 것이 중요해요. 뜀틀에 정확한 지점을 짚지 않거나, 팔을 펴지 않거나, 몸을 웅크리거나 하면 뜀틀 넘기에 성공할 수 없어요.

4) 뛰어넘기

뛰어넘기를 공중 자세라고 부르기도 해요. 공중에서 해야 할 자세는 손을 뜀틀에 짚은 후 몸을 앞쪽으로 당기면서 양다리를 벌리고 무릎을 펴야 해요. 이때, 균형을 잘 잡아야 다음 동작인 착지에 성공할 수 있어요.

5) 착지

몸에 충격을 주지 않도록 무릎을 살짝 굽혀 착지해요. 이때, 팔을 들어 균형을 잡아줘요.

참고 자료: 초등학교 체육 교과서 4학년 2.도전 -박명기(출판사, 천재교과서)

국어: 맞춤법

맞춤법 ~ㄹ게

어떤 행동에 대한 약속이나 의지를 나타낼 때 쓰이는 '~ㄹ게'는 [께]로 소리 나더라도 '게'로 적는 것이 바른 표기입니다.

'머리통 귀신' 이야기 속에서 '내가 칠게'는 자신이 하겠다는 의지가 담겨 있어요. 그래서 '내가 칠께'로 소리 나더라도 '내가 칠게'가 옳은 표기법이에요. '열심히 할게요'도 자신이 무엇인가를 열심히 하겠다는 의지와 약속이 담겨 있어요. '열심히 할게요'라고 소리가 나더라도 '열심히 할게요'라고 써야 해요.

귀곡초 3학년 2반

그럼 '~께'는 언제 쓸까요?

'에게'의 높임말로 '~께'를 써요.

예를 들어 신정은 선생님에게 편지를 쓸 때 '신정은 선생님께'라고 쓸 수 있어요.

참고 자료: 한글 맞춤법 제6장 제53항

수학: 규칙 찾기

규칙 찾기

이야기 속 유진이가 풀었던 수학 문제는 규칙 찾기에 관한 문제입니다. 초등학교 4학년 1학기에 나오는 규칙 찾기는 숫자나 도형을 보고 일정하게 반복되는 규칙을 찾아내는 거예요.

우리 생활 속에서도 다양한 규칙을 찾아볼 수 있어요. 영화관, 버스터미널, 공항 심지어 우리가 매일 보는 달력에도 규칙이 있어요. 규칙을 찾으면 필요한 정보를 쉽고 빠르게 알 수 있어요.

영화관 화면

→ 입구

가-1	가-2	가-3	가-4
나-1	나-2	나-3	나-4
다-1	다-2	다-3	다-4
라-1	라-2	라-3	라-4
마-1	마-2	마-3	마-4

예를 들어 영화관 좌석표 규칙을 살펴봅시다. 입구에서부터 뒤로 갈 때 가, 나, 다, 라, 마 순서인 것과 오른쪽으로 갈수록 1씩 커지는 규칙을 알 수 있어요. 여러분이 영화표 마-4 자리표를 가지고 있다면, 모든 좌석표의 번호를 찾아볼 필요가 없어요. 입구에서 부터 뒤로 다섯 걸음 가, 나, 다, 라, 마, 거기서 또 오른쪽으로 네 걸음 걸으면 됩니다. 이렇게 규칙을 알면 쉽게 자신의 자리를 찾아갈 수 있어요.

다음으로 이야기 속 유진이가 풀었던 문제의 규칙을 생각해
봐요.

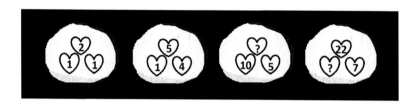

첫 번째 돌에서 숫자 1과 1을 더하면 2, 두 번째 돌에서 1과
4를 더하면 5가 되는 것을 봤을 때 아래 있는 두 숫자를 합해 위
에 있는 숫자가 된다는 규칙을 찾을 수 있어요. 그렇다면 세 번
째 있는 돌의 정답은 10 더하기 5로 15가 되겠죠.

다음으로 네 번째 있는 돌의 숫자를 살펴봅시다. ?+7=22에서
?표의 답을 찾기 위해서는 22에서 7을 빼면 쉽게 답을 구할 수
있어요. 22에서 7일 빼면 15가 되므로 15+7=22가 됩니다. 그럼
정답은 15가 되겠죠. 이야기 속 유진이는 문에 숫자 15를 써서
탈출할 수 있었답니다.

7

씨? 앗!

"희완아, 너 바지에 무슨 보라색 콩 같은 것이 있는데? 세탁기에 옷 넣기 전에 항상 주머니 정리하라고 했지. 말 좀 들어. 필요 없으면 버린다."

"헉! 보, 보라색 씨? 앗! 아! 그 씨앗! 봐, 제 말이 맞죠! 이 씨앗이 유령마을 지하실에 주운 씨앗이에요!"

"또 아침부터 유령마을 이야기야? 늦기 전에 빨리 밥 먹고 학교 가."

희완이는 어머니께서 건넨 보라색 씨앗을 보며 아주 신났어.

'유령마을에서 겪은 이야기를 절대 믿지 않았던 친구들에게 보여줘야겠어.' 희완이는 보라색 씨앗을 보고 깜짝 놀라는 친구들 얼굴을 상상하며 즐거운 듯 학교에 갔지.

"김수정, 임유진, 양지우, 천하윤. 이리 와 봐. 보여 줄 것이 있으니까."

희완이는 교실에 들어가자마자 친구들을 조용히 불러 모았어. 씨앗을 보면 분명 반 친구들이 모두 서로 달라고 귀찮게 할 것 같은 거야. 이 네 명의 친구들은 희완이가 유령마을에서 겪은 이야기를 했을 때, 거짓말하지 말라며 희완이를 유난히 몰아세웠던 친구들이지.

"이것이 바로 내가 말한 보라색 씨앗이야."

희완이는 주변에 모인 네 친구에게 속삭이듯 말했어.

"너희 저번에 유령마을 이야기했을 때, 지어낸 이야기라 했지! 그때 내가 얼마나 억울했는지 알아? 봐. 이것이 내 말이 진실이었다는 증거야."

"야. 이거 일본 과자 아냐? 얼마 전 너 엄마랑 일본에 놀러 갔다 왔잖아. 오면서 사 온 것으로 장난치는 것 같은데."

하윤이는 보라색 씨앗을 뚫어질 듯 꼼꼼하게 보더니 미심쩍은 표정을 지으며 말해. 다른 친구들도 하윤이 말에 동의하는 듯 고개를 끄덕였어. 희완이는 답답한 듯 주먹을 쥐고 자기 가슴을 두드리며 긴 한숨을 쉬었어.

"내가 너희 한 알씩 줄 테니 집에 가서 심어봐. 우리 얼마 전 식물의 한살이 배웠잖아. 이것이 정말 씨앗이라면 자라겠지."

아이들은 희완이가 건넨 씨앗을 집에 가져가서 심었어. 어떤 일이 벌어질까? 상상하기 전에 다른 친구들의 생각을 읽어 보자. 6학년 소윤이는 보라색 씨앗이 자라서 지도 열매가 나온다는 거야. 네 명이 나눠 가진 씨앗에서 제각기 다른 지도들이 나오는데, 네 명의 친구들의 지도 열매를 펼쳐서 이어 붙이면 글쎄 유령마을로 갈 수 있는 저택이 나온다고 해. 저택 안에 무슨 숨겨진 비밀 통로 같은 것이 있다는 거야. 정말 재밌는 상상이지 않아?

2학년 승현이도 보라색 씨앗에서 지도가 나온다는 상상을 했는데, 소윤이와 다른 점은 친구들의 씨앗에서 모두 같은 지도 열매가 유리병에 담겨 있는 거래. 이 지도로 유령마을을 찾아간다면 정말 아슬아슬 멋진 모험 이야기가 전개될 것 같아!

4학년 루하는 보라색 씨앗에서 꽃이 없이 바로 열매가 열리는데, 열린 열매가 열쇠라는 거야. 열쇠에는 주소가 적혀 있고 그

곳에 유령마을로 통하는 비밀 통로가 있다고 해. 4학년 이지도 같은 상상을 했는데 루하와 다른 점은 보라색 씨앗이 자라서 무시무시한 괴물 꽃이 나와 입을 떡 벌리며 열쇠를 주는 거래. 두 친구가 말한 열쇠로 찾아간 곳에서는 어떤 일이 펼쳐질까? 추리 이야기로 써 보면 좋겠다.

4학년 유이는 보라색 씨앗이 자라더니 머리에 4자가 커다랗게 써진 유령 꽃이 피면서 덩실덩실 춤을 춘대. 유이는 유령마을 지하실 비밀 열쇠 번호가 4444라 이런 상상을 했다는 거야.

2학년 교빈이는 보라색 씨앗에서 엄마 괴물이 나타난대. 엄마 괴물은 교빈이에게 매일 잔소리를 한다는 거야.

"야! 핸드폰만 보고 있지 말고 공부해! 몇 번을 말해! 어쩌구, 저쩌구."

6학년 윤하나는 꽃 한가운데 시뻘건 눈알들이 눈을 굴리며 자기를 노려본다는 거야. 그런 꽃이 있다면 와우! 공포 체험으로 키워 보고 싶기는 해. 으스스한 공포 이야기로 써 볼 수 있겠다.

2학년 환희는 괴상한 모양의 괴물 꽃이 피는데 밤마나 괴물들이 '나랑 놀자'라고 한대. 어떤 2학년 친구는 뱀이 이 세상에서 가장 무섭다면서 그 씨앗에서 뱀꽃이 피어 뱀들이 혀를 날름거릴 거래. 다들 무서운 공포 이야기로 써 볼 수 있겠다. 2학년 유준이는 보라색 씨앗이 자라면서 무슨 장치 같은 것이 생긴다는

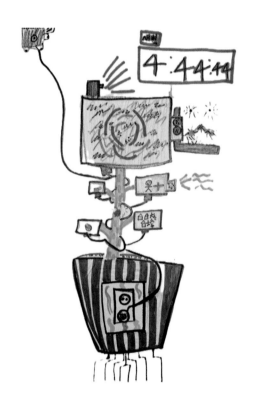

귀곡초 3학년 2반

거야. 새벽 4시 44분 44초가 되면 화면에 4차원 공간이 생기면서 유령마을로 순간이동을 할 수 있다고 해. 정말 근사한 공상과학 이야기가 펼쳐질 것 같아.

3학년 시현이는 보라색 씨앗이 자라서 구슬 열매를 맺을 거래. 그 구슬은 아이들이 유령마을에서 겪은 일을 보여 주는 요술 구슬이래.

4학년 어떤 친구는 보라색 씨앗이 재크와 콩나무처럼 쑥쑥 자라서 하늘까지 닿더래. 보라색 줄기를 타고 올라가 보니 유령마

을이라는 거야. 또 어떤 친구는 열매가 갑자기 터져서 살펴보니 유령이 나타나 마을 인증 샷을 들고 있다는 거야. 이 친구는 포춘 쿠키를 많이 먹어서 그런 상상을 한 모양이야.

새끼 고양이가 나온다는 친구도 있어. 그 친구는 길렀던 고양이가 죽었는데 그리워서 보고 싶다고 그런 상상을 했다는 거야. 또 어떤 친구는 열매로 동그라미 손잡이가 달리는데 그 손잡이를 돌려서 열면 유령마을로 갈 수 있대.

이제 너의 상상을 읽어 보고 싶어.

아이들이 심은 씨앗은 어떤 모습으로 자랄까? 하루살이 식물일까?
여러해살이 식물일까? 꽃은 필까? 열매는 어떨까?
상상해서 그림으로 그려 보자.
☆ 잠깐: 그림을 그리기 전 175쪽 식물의 한살이를 읽어 봅시다.

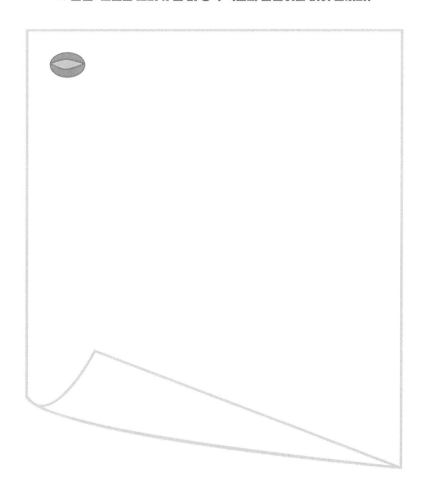

뒷이야기도 써 보자.

상상하기 전 178쪽 장르를 공부해 봅시다.

귀곡초 3학년 2반

김수정, 임유진, 양지우, 천하윤은 등교하자마자 친구들을 불러 모았어. 네 명의 아이들은 희완이가 준 씨앗을 심고 나서 겪은 일을 웃으며, 울며 말하는데 서로 말에 끼어들며 아우성이야. 희완이는 그런 친구들 옆에서 팔짱을 끼며 고개를 끄덕였어. 어깨에 힘을 주고 맞장구도 쳤지. 수요일 반장 아란이도 아침 활동으로 떠든 사람 적기를 포기한 모양이야. 3학년 2반 아이들 떠드는 소리로 학교 건물이 흔들흔들, 휘청거려.

　"그것 봐. 우리 12시 귀신 팀도 진짜 있었던 일이라니까! 선생님 옷장에서 장난 친 것이 아니라구."

　"우리도 선생님 옷장에서 장난친 거 아냐! 하율이 휴대폰이 옷장에 있었던 것 보면 분명 머리통 귀신은 꿈이 아니라구."

　"우리 이럴 것이 아니라 신정은 선생님 오시면 말씀드리자."

　"그래! 오늘은 꼭 진실을 밝혀야겠어."

　"아란아, 네가 오늘 반장이니까 1번으로 질문하는 거다."

　"응, 그렇게."

과학: 식물의 한살이

식물의 한 살이

식물의 씨가 싹 트고 자라서, 꽃을 피우고, 열매를 맺어 다시 씨가 만들어지는 과정을 식물의 한 살이라고 해요. 초등학교 과학 4학년 1학기 교과서에서 식물에 한살이에 대해 배운답니다.

식물이 자라려면 우선 씨에서 싹이 터야 해요. 씨가 싹 트려면 물이 필요하고 온도가 적당해야 해요.

강낭콩의 한살이

1) 씨가 싹이 터요.

2) 잎과 줄기가 자라요.

3) 꽃이 펴요.

4) 열매를 맺으며, 열매 속에는 씨가 있어요.

한해살이 식물

한 해만 살고 일생을 마치는 식물을 말해요.
한해살이 식물에는 옥수수, 해바라기, 봉숭아 등이 있어요.

여러해살이 식물

여러 해 동안 죽지 않고 살아가는 식물을 말해요.
여러해살이 식물에는 감나무, 사과나무, 국화 등이 있어요.

귀곡초 3학년 2반

한해살이 식물과 여러해살이 식물의 공통점은 모두 씨가 싹 터서 자라 꽃이 피고 열매를 맺는다는 점이에요. 열매 속에는 씨가 있죠.

국어: 장르

장르

장르란 서양의 라틴어 'Genus'에서 유래한 것으로 말로 원래 생물을 종류를 구분할 때 사용했으나 문학에서 받아들여 문학 양식을 의미하게 되었어요. 어떤 사건을 이야기는 그 내용에 따라 다양한 장르가 있답니다.

장르에 대해 알아볼까요?

추리

사건을 조사하고 해결하는 것을 줄거리로 해요. 보라색 씨앗

귀곡초 3학년 2반

에서 나온 열쇠나 지도를 조사하여 유령마을을 찾아가는 이야기는 추리 장르라고 볼 수 있어요.

스릴러

인물이 어떤 사건에 휘말리면서 앞으로 벌어지는 긴박한 전개에 초점을 둬요. 유령마을에서 괴물로부터 아슬아슬 탈출하는 아이들의 모습을 상상해 봐요.

공포(호러)

독자들을 공포에 빠뜨리고 감정의 급격한 변화를 일으키는 것에 목적을 두는 내용을 다뤄요. 새빨간 눈들이 노려보는 꽃을 보면 얼마나 으스스할까요?

공상과학(SF)

과학이나 우주에 관련된 이야기이에요. 4차원 세계로 통하는 식물을 상상한 이야기는 공상과학 이야기로 써 볼 수 있어요.

판타지

글쓴이가 새롭게 만든 세계나 신비가 가득한 세계를 배경으로 하는 이야기이에요. 다른 세계를 엿볼 수 있는 요술 구슬이나, 사람처럼 생각하고 말하는 고양이가 등장하는 이야기는 판타지 이야기로 쓸 수 있어요.

무협(액션)

각종 무술이나 끊임없는 동작 등을 주요 소재로 삼아요. 유령 마을에서 끊임없이 쫓아오는 괴물들을 방귀로 무찌르는 아이들을 상상해 봐요.

로맨스

사랑을 다루는 이야기예요.

8

우리 반 놀이터

3학년 2반은 이른 아침부터 웅성웅성 시끄러워. 아침 8시 30분이 되자 신정은 선생님께서 교실로 들어오셔서.

　"목요일 반장, 김시흔! 우리 시흔이 반장 활동 안 해?"

　"선생님, 오늘 수요일이에요. 아란이가 할 말 있대요."

　시흔이는 건망증이 심한 선생님의 말씀을 고쳐 말한 것이 멋쩍은 듯 고개를 돌려 아란이를 가리키며 말해. 반 아이들도 일제히 아란이를 쳐다봐. 아란이는 침을 꿀꺽 삼키더니,

　"저, 저기요. 선생님, 선생님 옷장에 무슨 귀신이라도 씌인 것 아닐까요? 자꾸 옷장에서 이상한 일이 생겨서요."

　신정은 선생님께서는 아란이 질문에 방긋 웃으시더니,

　"옷장에 무슨 귀신이야? 우리 반 친구들이 매일 선생님 옷장 안에서 장난치면서."

　"아니에요. 선생님. 저번에 우리 12시 귀신 팀 있잖아요. 선생

님 옷장에서 장난친 것이 아니라 수묵화 그림에서 탈출한 거라구요."

"맞아요. 저희 집에 있는 수묵화 그림에 원우 모자가 그려져 있어요. 빼박 증거란 말이죠."

도현이와 제윤이가 씩씩대며 큰 소리로 말하는 데 12시 귀신 팀 아이들은 모두 고개를 끄덕여.

"아, 그건 선생님이 수학 시간에 분수를 이야기로 가르쳐준 거 잖아. 선생님이 매일 말하지. 이야기와 현실을 구분해야 한다고."

"유령마을에서 저기 옷장으로 탈출한 거는요? 희완이가 유령마을에서 주워 온 씨앗을 심었는데 신기한 일이 일어났어요. 저만 기른 것이 아니라 유진이, 양지우, 하윤이도 길렀어요."

"수정아, 그건 선생님이 과학 시간에 들려준 '유령마을 탈출기' 이야기잖아. 식물의 한살이 배우면서 강낭콩 심어서 대표로 우리 수정이, 유진이, 지우와 하윤이에게 화분 하나씩 나눠줬었어."

선생님의 답변에 수정이는 고개를 갸우뚱거리며 유진이와 지우, 하윤이를 쳐다봤어. 다들 어리둥절한 표정이야.

"선생님, 그럼 선생님 옷장에서 나온 하율이 휴대폰은요? 무슨 머리통 귀신이 먹었다던데."

아란이는 선생님께서 어떻게 답변하실까 궁금해서 귀를 쫑긋 세웠어. 다른 아이들도 마찬가지야.

"우리 하율이가 선생님 옷장 안에서 장난치다 잃어버렸겠지."

"에이."

아이들은 약속이나 한 듯 모두 실망스러운 표정을 지으며 투덜거려. 신정은 선생님께서는 그런 아이들을 쭉 둘러보시더니,

"우리 사랑하는 3학년 2반 친구들, 정말 상상력이 대단한 것 같아. 귀신 들린 옷장이라니. 선생님 이야기가 얼마나 재밌으면 실제 일어난 일처럼 느끼는 걸까? 이제 선생님은 너희들 이야기를 들어보고 싶어. 한 달 동안 선생님 옷장이 너희들 놀이터야. 이곳에서 실컷 놀면서 마음껏 상상해 봐. 그리고 한 달 뒤에 이야기 들려주는 거다. 이야기 속에 친구들이 알면 좋을 내용도 들어가면 좋겠어. 선생님 이야기처럼 말이야."

"네!"

아이들은 눈을 반짝이며 큰 소리로 대답했어. 이제 선생님 눈치 보지 않고 옷장에서 실컷 놀 수 있다는 생각에 신났지. 선생님께서는 옷장을 여시더니 대롱대롱 걸려 있는 옷걸이를 치우셨어. 그리고는 매직으로 도화지에 '우리 반 놀이터'라고 큼직하게 쓰시고는 옷장 앞에 테이프로 붙이셨어. 3학년 2반 아이들은 그곳에서 한 달 동안 신나게 놀았단다. 쉬는 시간마다 옆 반 이든

이와 문주원은 부러운 듯 창문 너머로 3학년 2반을 구경하며 지나갔어.

어느덧 한 달이 흐르고 3학년 2반 아이들은 '우리 반 놀이터' 옷장에서 놀면서 만든 저마다의 이야기를 준비했어.

"누가 먼저 시작할까?"

맨 앞줄에 앉아 있는 양우가 번쩍 손을 들자, 선생님은 양우를 가리켰어. 양우는 한 손에 큰 팜플렛을 들고 나오더니 실물화상기 아래에 놓는 거야. 그리고는 목소리를 가다듬더니 이야기를 시작했어.

"지난주 금요일인가? 급식실에서 밥을 빨리 먹고 교실에 왔어요. 교실에는 아무도 없었어요. 친구들이 교실로 오기 전에 옷장 안에 얼른 들어갔어요. 옷장 안에서 두 손을 모아 '순간이동, 순간이동'이라고 주문을 외웠어요. 갑자기 옷장 한 면에 아래로 내려가는 계단이 생기는 거예요. 계단을 계속 내려갔는데 문이 보이길래 열었더니, 맙소사!."

"양우야, 그냥 선생님처럼 짧게, 빨리 말해 주면 안 돼?"

"그래, 그리고 책 읽듯이 하지 말고, 좀 실감 나게! 신정은 선생님처럼."

양우는 친구들이 발표에 끼어들자 이야기를 하다 멈추고 한 손으로 자기 이마를 툭 치면서 긴 한숨을 쉬었어. 이때 양우 눈치를 보던 재혁이가,

"애들아, 끼어들지 말자."

"그래, 선생님 그냥 반말로 발표해도 되죠?"

시혼이가 재혁이 말에 맞장구를 치더니 선생님께 여쭤봐.

"음, 원래 사람들 앞에서 발표할 때는 '입니다', 또는 '이에요'와 같은 높임말을 써야 해요. 하지만 양우야, 일인 연극한다 생각하고 친구들이 원하는 대로 편하게 말하렴."

"네. 그럼 연극이니까 선생님 분필 좀 쓸게요."

양우는 선생님의 분필을 집더니 칠판에 커다랗게 '1867년 틸뷔르흐'라고 쓰더니 그 옆에 풍차를 크게 그리면서 이야기를 이어가.

"난 1867년 네덜란드, 틸뷔르흐 기숙 학교에 다니고 있는 학생인 거야. 신기한 게 뭔지 알아? 네덜란드 말이 나도 모르게 입에서 술술 나오고, 학교 안에 있는 호수에 비치는 내 얼굴이 글쎄

영락없는 백인이야. 1867년 틸뷔르흐의 국립 중학교를 다니고 있어. 내 단짝은 그 유명한 빈센트 반 고흐야. 하, 하!"

양우는 멋쩍은 듯 어색한 웃음을 지어. 몇몇 아이들도 양우를 따라 웃었지.

"그곳에서 고흐와 나는 하위스만스 선생님 밑에서 미술 수업을 받아, 글쎄 고흐가 나보다 그림을 더 못 그리는 것 있지. 원근법을 잘 못해서 하위스만스 선생님께 혼나더라구. 내가 원근법을 적용한 나무를 멋지게 그려서 고흐에게 보여줬지. 자, 여기 내가 그린 그림이야."

양우는 이야기를 하다 말고 실물화상기를 돌리더니 준비한 그림 한 점을 친구들에게 보여줘.

"우아!"

아이들은 양우의 그림을 보고 깜짝 놀랐어.

"자, 진정하고, 여기서 퀴즈. 내 그림에서 찾아볼 수 있는 원근법은 뭘까?"

☆ 잠깐

찾은 원근법을 쓰기 전에 204쪽 원근법에 대해 읽어 봅시다.

"양우야, 너 이야기하는 것이 정말 신정은 선생님 같아."

"그림도 정말 멋지다!"

"아, 그래?"

양우는 친구들의 칭찬에 얼굴이 빨갛게 달아올랐어.

"그 담에 어떻게 됐어?"

양우의 그림을 본 아이들은 이야기에 쭉 빠져들어 계속 이야기해 달래.

"먼 훗날 어른이 돼서 반고흐를 프랑스에서 우연히 만났어. 우린 둘 다 화가가 되었지. 다른 화가들과 함께 몽마르트르의 43번가 드 클리시 거리에 있는 그랑부용 레스토랑 뒤 샬레에서 전시회를 열었어. 이것이 바로 전시회 때 진열한 팸플릿이야."

아이들은 눈을 동그랗게 뜨고 실물화상기에 비친 양우의 팸플릿을 뚫어져라 봤어.

"전시회가 끝나고 팔다 남은 그림들을 정리하는데 반고흐의 그림 중 하나가 갑자기 영화처럼 움직이는 거야. 신기해서 보는데, 고흐의 그림에 그려진 문 안에서 소리가 나는 거야. 신정은 선생님과 3학년 2반 아이들이 교실에서 시끄럽게 떠드는 소리였어. 그래서 그림 속 문을 열어 봤지. 뭐가 보였을까? 짠! 선생님의 옷장이었어. 끝!"

"멋진 결말이야!"

"와!"

양우가 이야기를 끝내자 아이들은 양우를 향해 환호성을 지르며 손뼉을 쳤어.

"우리 양우가 빈센트 반 고흐에 대해 조사를 많이 했는데! 우리 다음 미술 시간에 양우가 소개한 빈센트 반 고흐의 작품에 대해 알아보자."

양우는 신정은 선생님과 아이들 칭찬에 미소를 짓더니 자기 자리로 가서 앉았어. 신정은 선생님께서도 양우가 대견한 듯 바라보시더니, 다음 미술 시간에 우리 반 모두 화가가 되었다고 상상하며 자신만의 팸플릿도 디자인해 보자고 하셨어.

여러분이 먼 미래에 유명한 화가가 되었다고 상상해 봅시다. 빈센트 반 고흐의 그림에 영향을 받은 여러분은 고흐의 작품과 나란히 협동 전시회를 열어요. 그 전시회에 쓸 팸플릿을 디자인해 봅시다.

(　　)에 자기 이름을 넣어 팸플릿을 디자인해 봐요. 팸플릿을 만들기 전 204쪽을 공부해 봅시다.

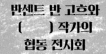

반센트 반 고흐와
(　　) 작가의
협동 전시회

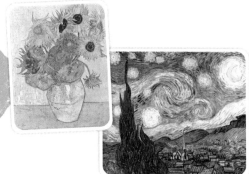

작가소개

반센트 반 고흐 Vincent Willem van Gogh

네덜란드의 후기 인상주의 화가로 20세기 예술의 다양한 분야에 영감을 준 서양 미술 사상 가장 위대한 화가 중 한 명이다. 초기 작품은 어두운색 표현이 많았고, 후기 작품은 표현주의의 경향을 보였다.

귀곡초 3학년 2반

1853년

◇ 3월 30일 네덜란드 노르트브라반트주 쥔더르트 출생.

1866년

◇ 틸뷔르흐 국립 중학교에서 하위스만스 선생님에게 미술 수 업을 받음.

1869년

◇ 7월, 빈센트의 큰아버지 센트가 헤이그의 구필 화랑에 일자 리를 구해 줌. 화랑에서 일하면서 미술 교육을 받음.

1875년

◇ 구필 화랑 파리 지점에 취직. 미술상들이 작품을 지나치게 상품화한다며 분개하였으며 1년 후에 해고됨.

1876년

◇ 영국에 잠시 머물다 고향인 네덜란드로 돌아감.

1877년

◇ 목사가 되려고 암스테르담 신학대학 입학시험을 준비했으 나 실패함.

1880년

◇ 11월 브뤼셀 왕립 미술 아카데미에 입학하여 해부학, 소묘,

원근법을 배움.

1885년

◇ 3월 26일에 심근 경색으로 빈센트의 아버지가 사망함.

◇ 5월에 [감자 먹는 사람들] 완성.

◇ 8월에 헤이그에 있는 상인 루르스의 가게 창문에 처음으로 작품 전시.

1887년

◇ 들라리바렛 미술관에서 아돌프 몽티셸리의 초상화를 본 후 더 밝은 색채와 대담한 붓질을 사용하기 시작함.

1887년

◇ 11월 화가 폴 고갱과 친구가 됨.

◇ 그해 말에, 여러 화가와 몽마르트르의 43번가 드 클리시 거리에 있는 그랑부용 레스토랑 뒤 샬레에서 작품 전시.

1889년

◇ 5월 파리로 생레미에 있는 정신 병원에 입원.

◇ 이곳에서 [별이 빛나는 밤] 제작.

1890년

◇ 권총으로 자살을 시도. 사흘간 앓다가 7월 29일에 사망.

참고 자료: 위키백과 - 빈센트 반 고흐

작가소개

(   ) 연보

- -

- -

- -

이곳에 팸플릿 속
자신의 초상화를 그려봐요.

해바라기

제작 연도: 1888년 8월
기법: 유화
크기: 73×95cm

작품 설명

해바라기 그림으로 자신의 작업실을 장식함. 친구인 폴 고갱을 초대하기 위해 그림.

이 그림을 그린 시기는 고흐가 가장 행복했던 시절이다. 파리에서 남프랑스 아를의 노란 집으로 이사한 고흐는 많은 해바라기 그림을 그려 작업실을 꾸몄다. 고흐는 이곳에서 친구 고갱과 함께 살면서 그림을 그릴 수 있다는 생각에 기뻤다.

화법 (그림을 그리는 방법)

고흐는 유화 물감을 여러 번 두껍게 칠해 꽃의 질감을 느낄 수 있도록 입체적으로 표현했다. 해바라기, 탁자와 화병은 다양한 노란색 계열로 색칠했다. 이와 대조적으로 배경은 한 가지 색으로 단순하게 색칠했다. 이런 색의 대비는 해바라기꽃을 더욱 눈에 띄게 만든다.

참고 자료: 위키 백과 - 해바라기 (빈센트 반 고흐)

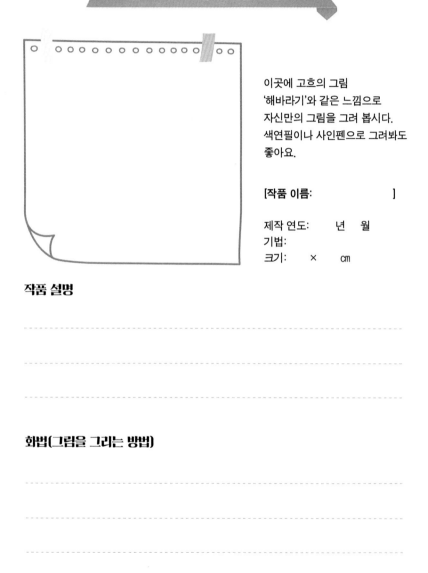

(   )의 작품 감상 1

이곳에 고흐의 그림
'해바라기'와 같은 느낌으로
자신만의 그림을 그려 봅시다.
색연필이나 사인펜으로 그려봐도
좋아요.

[작품 이름:]

제작 연도: 년   월
기법:
크기: ×   ㎝

작품 설명

화법(그림을 그리는 방법)

별이 빛나는 밤

제작 연도: 1889년
기법: 유화
크기: 73.7 × 92.1㎝

작품 설명

[별이 빛나는 밤]은 네덜란드의 화가 빈센트 반 고흐의 가장 널리 알려진 작품이다. 폴 고갱과 다툰 뒤 고흐가 귀를 자른 사건 이후, 생레미의 요양원에 있을 때 그린 작품이다. 그는 병실 밖으로 내다보이는 밤 풍경을 보고 그렸는데, 밤하늘에 대한 고흐의 혼자만의 주관적인 느낌을 표현하고 있다.

화법(그림을 그리는 방법)

연속적이고 살아 움직인 듯한 하늘은 굽이치는 두꺼운 붓놀림으로 사이프러스(그림 속 우뚝 서 있는 나무)와 연결되어 있다. 그 아래의 마을은 하늘과 대조적으로 좀 더 어두운 색감을 이용하여 정적이고 조용한 느낌이 든다.

참고 자료: 위키 백과 - 별이 빛나는 밤 (빈센트 반 고흐)

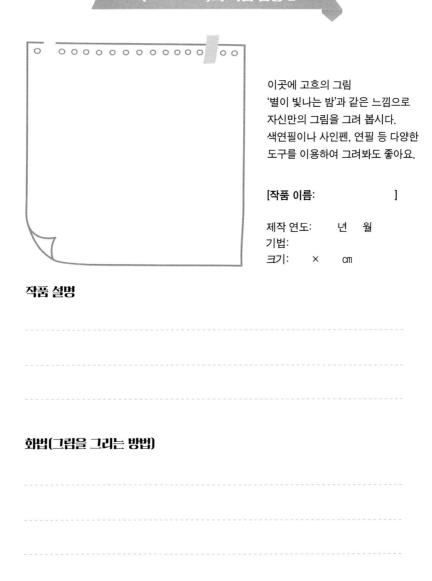

이곳에 고흐의 그림
'별이 빛나는 밤'과 같은 느낌으로
자신만의 그림을 그려 봅시다.
색연필이나 사인펜, 연필 등 다양한
도구를 이용하여 그려봐도 좋아요.

[작품 이름:]

제작 연도: 년   월
기법:
크기: ×   ㎝

작품 설명

화법(그림을 그리는 방법)

미술: 빈센트 반 고흐

원근법

원근법은 3차원의 세계를 평면으로 옮길 때, 멀고 가까운 거리 감을 느낄 수 있도록 표현하는 회화 기법을 의미해요.

일반적으로 물체는 가까이 있을수록 크게 보여요. 멀리 있을 수록 작게 보이죠. 또 색이 어두울수록 안으로 들어가 있는 것처 럼 보여요. 따라서 평면인 종이에서 물체의 크기와 명암을 달리 하면, 거리감을 느낄 수 있어요.

선 원근법을 알아볼까요?

선 원근법이란 선을 이용해 멀고 가까움을 표현하는 기법을 말해요. 아래 그림을 보면 가운데 사각형에 그려진 별이 아주 멀리 있게 느껴져요. 점점 좁아지는 선 때문에 거리감이 생기기 때문이에요. 이 방법이 바로 '선 원근법'이랍니다. 선 원근법은 1410년 쯤, 르네상스 시대의 이탈리아 건축가 필리포 브루넬레스키가 처음 시도했다고 해요.

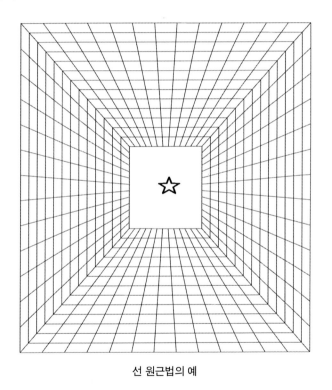

선 원근법의 예

참고 자료: 위키 백과 - 원근법

양우의 원근감 퀴즈의 정답을 알아봅시다

　양우가 친구들에게 보여 주었던 그림은 사실 신정은 선생님이 예전에 직접 파스텔로 그렸던 그림이에요. 선생님은 원근감을 주기 위해 나무를 뒤로 갈수록 점점 작게 그렸어요. 나무 뒤편에 들판은 선으로 표현했는데 가까운 곳은 진하고 굵은 선을 이용하고, 멀리 갈수록 가늘고 옅은 선을 이용하여 원근감을 주었어요. 지금 보니 아쉬운 점은 집 너머에 있는 산을 표현할 때, 볼록한 부분을 밝게, 오목한 부분은 어둡게 표현하면 입체감과 원근감을 더 잘 살릴 수 있었을 것 같아요. 눈 쌓인 산을 강조하려다 실수한 것 같아요. 이제 원근감에 대해 알아보았으니 여러분은 선생님보다 더 멋진 그림을 그릴 수 있겠죠?

인상주의

　팜플렛에 빈센트 반 고흐가 인상파 화가라고 소개되어 있어요. 인상주의는 전통적인 회화 기법을 거부하고 색채와 질감을 중요하게 생각해요. 선생님은 인상주의 작품을 빛으로 그리는 그림이라고 생각해요.

　인상주의 화가들은 빛과 함께 시시각각으로 변화는 색채의 자연을 그렸어요. 예를 들면 사과는 보통 빨간색이나 녹색이에요. 하지만 빛이 비추는 방향, 빛의 양에 따라 사과의 색이 다양하게 보여요. 인상주의 화가들은 눈에 보이는 빛에 따라 변화하는 사과의 색을 정확하게 그리려고 노력했어요.

인상주의 작품은 빛으로 그림을 그려야 하니 야외에서 주로 그림을 그려요. 그러다 보니 역사나 종교 등의 주제보다는 일상적 생활 모습과 자연 풍경을 주제로 하는 그림이 많아요. 대표적인 인상파 화가로는 모네, 마네, 세잔, 고갱, 고흐 등이 있어요.

인상주의 화가들의 이런 미술 표현은 당시 유명한 미술가들이나 일반 사람들의 눈에 익숙하지 않았기 때문에 많은 비판을 받았어요.

참고 자료: 위키백과 - 인상주의
음악미술 개념사전 -저자 양소영, 출판 아울북 2010

표현주의

팜플렛에 빈센트 반 고흐의 후기 작품들이 표현주의에 영향을 주었다고 했어요. 표현주의는 변형된 형태와 강렬한 색채로 마음을 담은 그림을 의미해요. 20세기 초 프랑스와 독일에서 등장

귀곡초 3학년 2반

한 미술운동이랍니다. 표현주의 화가들은 자신들이 느끼는 감정을 그림에 담아서 그렸어요. 대표적인 표현주의 작가로는 뭉크, 루오, 칸딘스키 등이 있답니다.

인상주의가 눈에 보이는 세계만을 그리는 것이었다면, 표현주의는 눈에 보이지 않는 불안, 공포, 기쁨, 슬픔 등 화가의 감정을 그림에 담아 그렸어요.

선생님은 기분이 좋을 때 눈에 보이는 모든 것이 환하게 보여요. 우울할 때는 왠지 주변이 캄캄하게 느껴져요. 이렇듯 사물은 보는 사람의 마음의 상태에 따라서 다르게 보여요. 표현주의 화가들은 그림을 그릴 때 자신의 마음 상태를 그림에 담아 형태를 왜곡하기도 하고, 색채도 과장해서 과감하게 사용하기도 했어요.

참고 자료: 음악미술 개념사전 -저자 양소영, 출판 아울북 2010

국어: 시혼이의 상상 극장

"오늘은 비가 주룩주룩 오고, 날도 덥고, 으스스한 무서운 이야기가 듣고 싶지 않아?"

"무서운 이야기! 내가 준비했어. 하, 하. 너희들 내 이야기 듣다가 기절할지도 몰라."

"그럼 시혼이가 다음 국어 시간에 발표하는 거다."

2교시 중간 놀이가 끝나고, 3학년 2반 친구들은 우리 반 놀이터 이야기 순서를 정하느라 정신이 없어. 신정은 선생님께서 교실에 들어오시자, 시혼이가 번쩍 손을 들었지.

"선생님, 오늘 국어 수업은 제 이야기로 시작해 볼게요."

선생님께서 고개를 끄덕이시자, 시혼이는 교실 앞으로 나와 이야기를 시작했어. 일인 연극 소품이 필요하다며 선생님의 지시봉을 들고서 말이야.

귀곡초 3학년 2반

"친구들하고 숨바꼭질을 하고 있었어. 난 우리 반 옷장 안에 숨었지. 아무리 기다려도 친구들이 나를 못 찾는 거야. 언제부턴가 옷장 밖에서 아무 소리도 들리지 않았어. 난 조심히 옷장 문을 열렸어. 그런데 교실이 아닌 거야!"

시혼이는 이야기를 하면서 반에 있는 옷장 안으로 들어가더니 조심히 나오는 시늉을 하면서 이야기를 계속해. 아이들은 그런 시혼이를 보면서 뭔가 오싹한 기분이 들어. 시혼이는 교실 이곳저곳을 살금살금 걸어 다니며,

"하얀 복도가 보였어. 난 복도를 살금살금 걸어갔어. 그러다가 복도 끝에서 한 간호사와 마주쳤지. 깜짝 놀랐어. 분명 영어로 나에게 말하는 것 같은데 양우처럼 무슨 말인지 다 알겠더라."

시혼이는 입을 쭉 내밀더니 목소리를 바꿔,

"김 간호사, 여기서 뭐 해요? 오늘 4층 톰 아저씨 주사 담당 아닌가? 주사 주고 밥도 주고 해야지. 빨리 가봐요. 톰 아저씨가 또 끔찍한 노래를 시작하기 전에."

"김 간호사? 내가 김 간호사라고? 순간 놀랬지만 마음을 가라앉히고, 입고 있는 옷을 살펴봤어. 정말 내가 간호사 옷을 입고 있는 거야. 명찰에는 '김시혼'이라고 적혀 있었어. 난 빨리 건물 밖으로 나와 주변을 둘러봤어. 여기는 미국에서 가장 큰 정신 병원이야. 그것도 깊은 숲속에 덩그러니 홀로 우뚝 서 있는 병원.

신기한 게 이곳은 겨울이야. 이 세상에서 가장 많이 미친 사람들만 모이는 곳이래."

"으악, 어떡해!"

"뭐! 정신 병원?"

아이들은 시흔이 말에 한마디씩 하는데, 시흔이가 갑자기,

"쉿! 조용히 해 봐. 들려?"

시흔이는 목소리를 가다듬더니, 큰 소리로 교실이 떠나갈 듯 노래를 불러.

"학교 종이 땡, 땡, 땡!"

몇몇 아이들은 시흔이의 '학교 종' 노랫소리가 어찌나 큰지 얼굴을 찡그리며 귀를 막았어. 게다가 그 목소리는 평소 시흔이 목소리가 아니야. 정말 미친 아저씨가 내는 듯한 소리인데, 나중에 성우 해도 되겠더라니깐. 시흔이는 다시 목소리를 가다듬더니 나지막한 목소리로 이야기를 이어 갔어.

"나는 노랫소리에 깜짝 놀라 병원으로 다시 들어갔어. 지금껏 이렇게 괴상하고 끔찍한 노랫소리는 처음 들어 봐. 아까 마주친 간호사 말이 생각나서 4층으로 올라갔어. 4층에 올라가자 시끄러운 노랫소리 때문에 귀가 먹을 지경이야. 그곳에 있던 간호사들은 나를 보더니 큰 주사기 하나와 급식 판을 건네주고는 허겁지겁 도망가는 거 있지. 4층 바로 앞에 있는 큰 병실 창문으로

어떤 아저씨가 보이는데, 글쎄 침대에 묶여 목청껏 노래를 부르는 거야. 난 조심히 들어가 묶여 있는 아저씨를 얼굴을 보고 깜짝 놀랐어. 그 아저씨는 말이야!"

시혼이는 겁에 질린 표정으로 앉아 있는 3학년 2반 친구들의 얼굴을 쓱 훑어보더니 작은 목소리로,

"그 아저씨는! 내가 작년 핼러윈에 만들어 썼던 괴물 가면 모습을 하고 있었어. 신기한 것은, 내가 그리다 지운 빨간색 흉터도 얼굴에 희미하게 남아 있는 거 있지. 난 아저씨 얼굴을 보자 왠지 미안하면서도 친근한 마음이 들었어. '아저씨! 시끄럽게 하시면 안 됩니다. 배고파요? 식사 드세요.' 하고는 밥을 한 숟가락 떠서 아저씨 입에 넣어 줬어. 큰 주사기도 팔뚝에 놓고 말이야. 순간 아저씨는 조용해졌어."

시혼이는 이야기를 하다 말고, 의자 하나를 꺼내더니 칠판 앞에 놓고는 앉아. 선생님의 지시봉을 쭉 뽑아 길게 만들어 한쪽 손에 들고 말이야.

"크리스마스야, 미국의 가장 큰 명절. 그곳에서 일하는 분들은 다들 집에 가는 데 나는 뭐, 갈 집도 없고 돈도 많이 준다고 해서 혼자 병원을 지키기로 했어. 갑자기 화장실에 가고 싶어서 화장실 한 칸에 들어가 앉으려 하는데, 저기 멀리서 쇠사슬 끄는 소리가 들리는 거야. '칙익 착, 칙익 착, 칙익!' 소리는 점점 더 크게

들려 왔어. 나는 화장실 문을 빼꼼히 열어서 봤는데, 악!"

의자에 앉아 있는 시흔이가 의자 앞에 진짜 문이 있는 것처럼 문을 여는 시늉을 하는데, 표정과 말투가 정말 연극배우 같아. 시흔이의 '악' 소리에 3학년 2반 친구들은 깜짝 놀랐어.

"4층 아저씨가 묶인 사슬을 끌고는 화장실 앞에서 몽둥이를 들고 서 있었어. 난! 아저씨 가랑이 사이로 슬라이딩해서 도망치기 시작했어. 사람 살려!"

이때 시흔이는 정말로 교실을 뛰기 시작했어. 아이들은 눈을 동그랗게 뜨고 시흔이가 달리는 것을 지켜봤어. 시흔이는 갑자기 달리기를 멈추더니 가지고 있던 지시봉을 교실 뒤쪽 청소함을 향해 던져.

"조준, 발사! 히, 히, 히!"

마치 이야기 속 미친 아저씨가 된 것처럼 웃는데, 아이들은 순간 몸에 소름이 돋았어. 목소리와 지시봉 던지는 모습이 정말 미친 아저씨 같았다니까. 시흔이는 완전 1인 2역 연극을 하고 있는 거야. 미친 아저씨가 되어 '조준, 발사!'라고 말하며 지시봉을 던졌다가, '사람 살려!'라고 말하며 도망갔다가, 그러더니 갑자기 교실 앞문 앞에서 멈췄어! 간호사와 아저씨 목소리를 흉내 내던 시흔이는 갑자기 자기 목소리로 바꾸더니, 이야기를 이어 갔어.

"나는 병원을 탈출해서 눈이 펄펄 내리는 칠흑처럼 어두운 숲

속으로 도망갔지. 뒤에서 아저씨가 '조준, 발사!'라고 말하며 나에게 몽둥이를 던졌어. 몽둥이에 한 번 맞았는데 정말 아파. 난 정말이지 죽는 힘을 다해서 도망갔어. 그런데 아뿔싸! 낭떠러지야."

시혼이는 얼굴을 잔뜩 찡그리더니, 공중에 정말 아저씨가 보이는 것처럼 두 손을 모아 비비면서 말했어.

"살려주세요!"

이번에는 지시봉을 들고 반대편에 서서, 은우에게 다가가,

"으, 하! 하! 하! 하!"

은우는 무서운 듯 몸을 잔뜩 웅크리며 말했어.

"시혼아, 왜 그래?"

"너가 잠깐 간호사 해 봐. '살려 주세요.'라고 말해 봐."

은우는 마지못해 '살려 주세요!'라고 말했어.

"'으, 하! 하! 하! 하!', 내 이야기는 여기까지. 뒷이야기를 정말 웃기게 만들어 봐. 코믹 장르로 말이야. 너희들 이야기를 듣고 내 뒷이야기 들려줄게."

☆ 여러분도 3학년 2반 아이들과 같이 시혼이의 뒷이야기를 재밌게 써 봐요.
너무 잔인하거나 무서운 내용으로 쓰지 않았으면 좋겠어요.
잠깐: 상상하기 전 '씨? 앗!' 편에서 공부한 장르를 복습해 봅시다.

귀곡초 3학년 2반

3학년 2반 친구들이 쓴 뒷이야기가 어쩌나 재밌던지 국어 시간 내내, 복도 밖까지 웃음소리가 들려. 신정은 선생님께서는 시계를 한 번 보시더니,

　"자, 이제 곧 국어 수업이 끝나니 우리 시혼이 이야기를 끝까지 들어볼까?"

　선생님께서도 3학년 2반 아이들처럼 시혼이의 뒷이야기가 궁금하신가 봐. 모두 시혼이를 바라봤어. 시혼이는 일어서서 교실 앞으로 나왔어. 선생님 지시봉을 다시 한번 받아 길게 뽑더니, 은우에게 다가가는 거야.

　"은우야, '살려 주세요.'라고 말해봐."

　은우는 시혼이 말에, 겁에 질린 간호사 표정과 말투로 '살려주세요.'라고 말했어. 이때, 시혼이가 은우 손을 덥석 잡자, 은우는 깜짝 놀라 '악' 하고 소리를 쳤어.

　"하, 하, 하! 자 이제 네가 술래해! 난 도망갈 테니. 사람 살려!"

　시혼이는 미친 아저씨 목소리 흉내를 내며 은우를 보고 말하더니, 두 팔을 흔들며 괴상한 몸짓으로 교실 안에서 달리기 시작했어. 아이들은 극장 안에서 멋진 쇼를 구경한 듯 물개박수를 쳤지.

일 년 내내 귀곡초등학교 3학년 2반 아이들은 '우리 반 놀이터'에서 겪은 일을 이야기로 풀어가며 즐겁게 공부했어. 어느덧 겨울이 되고, 신정은 선생님과 정든 교실을 떠날 시간이야.

겨울 방학식, 3학년 2반 교실에서의 마지막 날이야. 3교시 종업식만 하면 진짜 끝이야. 수정이는 신정은 선생님의 교실 청소를 도와 드리고 싶다며, 집에 들렀다 다시 학교에 왔어.

교실 청소를 끝낸 수정이는 자기 자리에 앉아 긴 한숨을 쉬었어. 수정이는 눈시울을 붉히며 교실 안을 쭉 둘러보더니, 선생님의 옷장을 한 참 바라보며 선생님께 말을 걸었어.

"선생님, 이제 이 모든 것이 추억이 되겠죠? 나중에 많이 그리울 것 같아요."

짐 정리를 하시던 선생님은 잠깐 멈춰 수정이를 바라보셨어. 수정이 말에 신정은 선생님께서도 마음 한구석이 시리신 듯 눈가에 눈물이 맺혀 있었어.

"선생님은 내 인생 최고의 제자들, 3학년 2반을 절대 잊지 않을 거야. 우리 이야기도 책으로 써서 다들 선물해 줄 거야. 약속할게."

신정은 선생님께서는 수정이를 꼭 안아주셨어. 이건 진짜로 있었던 일이야. 이제는 6학년이 된 귀곡초등학교 3학년 2반 아이들에게 이 책을 보내실 거래.

☆ 여러분이 다음 해 귀곡초 3학년 2반 교실을 쓰게 되었다고 상상해 봅시다. 선생님의 옷장에서 겪게 될 이야기를 써 봐요.

자기가 쓴 이야기에 친구들이 알면 좋을 내용도 조사해서 넣으면 좋겠어요.